影子青春

林辛乐　著

中国民族文化出版社

北　京

图书在版编目（CIP）数据

影子青春／林辛乐著. -- 北京：中国民族文化出版社有限公司,2023.3（2025.6重印）

ISBN 978-7-5122-1717-1

Ⅰ.①影… Ⅱ.①林… Ⅲ.①散文集－中国－当代

Ⅳ.①I267

中国国家版本馆 CIP 数据核字（2023）第 041057 号

影子青春

YINGZI QINGCHUN

作　者	林辛乐	
责任编辑	张　宇	
责任校对	李文学	
出版发行	中国民族文化出版社　地址：北京市东城区和平里北街 14 号	
	邮编：100013　联系电话：010-84250639　64211754（传真）	
印　装	三河市同力彩印有限公司	
开　本	880 mm×1230 mm　1/32	
印　张	6	
字　数	150 千字	
版　次	2023 年 3 月第 1 版	
印　次	2025 年 6 月第 2 次印刷	
标准书号	ISBN 978-7-5122-1717-1	
定　价	58.00 元	

序一：豪侠男儿更柔情

史本泉

继《岁月有痕》一书出版发行之后，林辛乐的第二部作品《影子青春》又要成书了。嘱我作序，还不让推辞。

我所熟知的林辛乐，是一位从警多年的一线干警。他身体健硕，脸盘方正，行走如风，唯一副眼镜彰显文人气质，一双眼睛饱含世事深情。他做公益，献爱心，结交甚广，朋友遍世，皆是性情中人。这样的林辛乐颇有豪侠之风。

我所了解的林辛乐，又不仅仅是一位干警。他热爱写作，凡事无不于文中记录，凡情无不在笔下倾诉。这样的林辛乐又将满腔的柔情倾注进他的文字里。

我初识林辛乐，他还是一位中学生。那是 1990 年 9 月，我俩同时走进胜利油田最好的高中——胜利油田第一中学。那时，他是 15 岁的高一学生（当年油田中考的第二名），我是南京师大刚毕业走上工作岗位的年轻老师。那时，他通过竞争当选的第五届校学生会主席，我是政教处分管学生会工作的干事（其间诸多难以割舍的情谊，辛乐在这本书里也有记述）。与他相处的日子，在我看来只是尽了一位教师的职责，但在他眼里这份感情却非常珍贵。30年来，我们始终保持着较为紧密的联系，他人生中的重要时日，无论阴晴圆缺，我不仅没有缺席，而且始终关心关注甚至参与其中。我见证着他坎坷的人生经历与喜乐悲欢，也感叹于他在历练中愈来愈通透达观的人生态度。

林辛乐的这本书，秉承着他一贯的写作风格：真情实感，情真意切。可以说是字字真情，句句实据。他说，写作从来都是有感而发，从不无病呻吟。他的写作，始终坚持初心，始终与自己最深的关切相联系，说自己的话，抒自己的情。即使历经坎坷，即使心灵曾被生活抽打得满是伤痕，然而，一旦静坐下来，面对一个个汉字，他就能回归人生原点，返璞归真，蘸着泪书写，将一个完整的自己，坦荡地铺陈在文字中。

读这本书，你会发现，辛乐的文章水一样清澈，你一眼就能看到底。是的，他对这个世界是一种完全敞开的状态，内心毫不设防，可谓君子坦荡荡。你读着这样的文字，就能够走进他的世界，步入他的内心，获得一种长驱直入的阅读快感。他从不刻意雕琢字句，读者也便无须特地斟酌词意。这很像他本人的处世方式，简单、坦诚、热情、爽朗、善待每一位有缘人。

罗曼·罗兰说："只有一种英雄主义，就是在认清生活真相之后依然热爱生活。"辛乐自幼生活清贫，早年生活历经辛酸，青年时期尽受悲苦。父母离世时，他们的年岁还未至半百，妹妹则不幸早亡，短短几年内，几经亲人丧失。经历了这些，他一定深知人生之艰辛，却从不对生活悲观。也许，正是因为极早悟透生命的悲剧意识，才能活出向死而生的慷慨大气。命运给了他苍凉的底色，他却竭尽全力挥洒热血，赢得绚丽。即使看透悲凉，却依然愿意保有一颗火热的心，去温暖更多的人。他的人生，似乎就带着一种使命，要替他的父亲、母亲和妹妹，替那些没有办法去好好看看这个世界的人，认真地、用心地去看看这个世界，为这个世界做力所能及的事。

于是，他从不愿浪费生命的分秒，他读书，思考，写作，旅游，做公益，行善事，为人豪爽，心态旷达。他给自己取网名"疯癫老林"，这疯癫，是率性真实，是洒脱达观。他自知人不能延展生命的长度，却执着地扩张着生命的宽度和深度。历经世上磨难，依然热爱生命；看透世事悲凉，仍怀赤子之心；这需要怎样的勇气与智慧。这位普普通通的油田一中学子、上海纺织学院"浪子"、西北大学骄子、山东汉子，正用一言一行，一字一句，展现着他温柔而多情的内心，展示着他平凡而精彩的人生。

因此，他的"岁月如歌"写生命中流过的日子，留下的痕迹，不只关注自我，也关注社会，关注时代；他的"人在旅途"记述他足迹所到之处，来过，欣赏过，感动过；他的"摇滚情怀"写他青春时倾注的那股热血，时刻在血脉里沸腾；他的"书影随行"，写他深夜的阅读和思考，伴随着他人生中迈出的每一步，无憾亦无悔；他的"亲情札记"和着泪水记录与亲人相伴的重要时刻，那是嵌进生命的宝石，痛苦而珍贵；他的"青春如影"写他人生的重要节点，写他青少年时期交集过的同学、老师，有的一旦相识相知，就是一生。

读辛乐的文章，您会发现他笔下的每一个人物，都那么鲜活，离我们那么近，可能就是我们的邻居，我们的朋友和同事；他文中的每一件事，都那么真实，如同就发生在我们身边，可能你我也都经历过，或者听闻过。平凡人、平凡事，是他始终关注的焦点，因为"平凡的人总是能给我们更多地感动"。

在他的笔下，我们照得见自己在时光中的身影，也随之体验着相同又不同的人生。这每一笔，都是他向自己的人生交出的答卷：

也许命运待我不厚，但我从无怨言；

也许命运待我不薄，我亦从不辜负。

2015年10月，辛乐的第一本心灵自传《岁月有痕》出版之后，反响强烈，好评如潮，我从内心为他高兴。但他却多次谦称，自己不是作家，也不是名人，只是单纯地"喜欢用自己的生命经历和心灵的感悟写字"，只是习惯于每过一段时间就认真地用文字总结一下自己。这种认真的生活态度，纯粹的出于热爱的写作动机，对我们何尝不是一种启发呢？

最后，祝愿辛乐，尝尽辛苦，一生欢乐！

愿生命的阳光，始终普照；也愿辛乐能与更多的好人一起，共享这大千世界的美好时刻。

（作者系东营市一中校长）

序二：印象老林

高喜全

老林者，林辛乐也，山东东营人。老林不老，年过不惑，正值壮年，笔名雨霖苍生，西北大学法律系毕业，以书生身份入职警界，工作之余，笔耕不辍，有著作两本：《岁月有痕——我的心灵自传》和《影子青春》（作者20年来的随笔散文集），在一定范围内旋起了一股"林旋风"，影响甚大。同为文人，除了羡慕，还有强烈的"嫉妒"，他所散发出智慧的光芒，已经远远地遮住了我这一颗萤火虫的弱光，徒奈何！我认识老林有25年了，觉得有好多东西需要写一写，以飨林粉，一慰心愿。

1994年，我从关中平原北部的一个小山村，考进了西北大学法律系，开启了我新的人生，在这里，与老林认识、熟悉、共同学习，生活了四年，朝夕相处，结下了深厚的同学友谊，使我对他有了更深的认识。

初识老林，高大清瘦，一身洋气合身的衣服，一头浓密茂盛的秀发，文质彬彬，戴着一副黑框眼镜，朝气蓬勃的脸上时时洋溢着灿烂的笑容，从没有见过他生气发火的样子。他对人很热情，乐于助人，古道热肠，另一方面，他却老成持重，办事有板有眼，班里有什么事情，他都有条不紊地安排着，四年生活，老师器重，同学尊重，总给人一种踏实的感觉，你不用担心他出卖你，因为他是一个厚道的山东人。

他口才很好，第一次的班级男女生联欢晚会，就由他主持，他风趣幽默，妙语连珠，不卑不亢，毫无拘束之感，有老师在场的情况下，能做到这一点，让我由衷地佩服，可惜我做不到，我连普通话都说不好，何来勇气主持晚会，只能躲在一个角落里，默默地看着辛乐像一只骄傲的天鹅，在舞台中央旋转着，酣畅淋漓地展示着特有的才华。记得1996年9月系里的迎新晚会上，有几位日本留学生表演古筝等乐器，节目时间过长，引起同学们反感，他作为主持人，机智巧妙地劝解留学生中止了演出，保障了节目顺利进行。他还担任西北大学第三届"激扬青春"辩论赛主席和西北大学与西安交通大学两校新模式辩论赛主席，与路一鸣、樊登、郭宇宽等西交大优秀辩手同台演出，一时间成为"校园名人"。

他情商很高，善于"上情下达"和"下情上传"。同学们有些事情，不方便和老师沟通，就由他负责，他总是会带回来比较满意的答复。他不但是我们班班长，还是系里的团总支副书记，组织了很多丰富多彩的活动，成为我们大学四年难忘的回忆。和老师一起的时候，他总能谈笑风生，游刃有余地表达着自己的观点，同时，又能安抚同学们。有一次，临近考试，有一门课程大家都没有复习好，心里没有底，都忐忑不安，可过了几天，他不知道从什么地方找来了一本"小册子"，原来是考试大纲和复习题，真是解救我们于水火之中啊！1997年春天，我们整天还在学校学习的时候，他有一阵子在西安邮票市场上折腾，竟然挣了几千块，腰上别上了摩托罗拉汉显BP机，在校园里很是"拉风"。要知道，那时候教师工资每月也才有200块钱啊。

他颇有风度。大学四年，他爱穿"廉价"的西装，冬天爱穿风衣，所过之处，回头率很高。夏天，他喜欢穿白衬衣，有一次我还在他的衬衣上发现了崔健的亲笔签字，一问才知道他是铁杆的摇滚迷，刚参加了崔健西安演唱会新闻发布会。这令我很惊讶，心里想，文绉绉的他怎么会喜欢这个？真是人不可貌相。到他宿舍，他的床铺永远整洁，东西错落有致地摆放着，被子叠得方正，书架上的书，整整齐齐，一尘不染，这些细节无声地彰显着他对生活的热爱。那时候，他知道我也爱好文学，经常向我约稿，"平生不解藏人善，逢人到处说项斯"，我身上没有什么优点，就这一点，勉强还能拿得出手，因此，自卑的我，有了一点点小自信。

他腹有才华。我和老林都是文艺小青年，有机会相处，更多地得益于他主编的《法报》，我们那时候法律系主办的《法报》，在学校颇有影响，他经常在上自习时，洋洋洒洒，奋笔疾书，一篇卷首语就写成了，有内容，有文采，有深度。记得有一次他在学校宣传栏里宣传法报文章，篡改了一句当时很流行的广告语"喝孔府家酒，读《法报》文章"，让人忍俊不禁，《法报》因此在校园里更火了。20年来，他坚持写作，文风平实，在娓娓道来的轻声细语中，从个人身世的巨变中，描写了70后所经历的家情、世情、人情、爱情、友情，他用一支多情的笔，绘声绘色地为我们描述了一幅人生的百态图，悲欢离合，生死离别，风风雨雨，他写得如泣如诉，大音希声。

他富有情怀。他来自城市，我来自农村，他却没有歧视我这个乡巴佬，给了我一些无声的鼓励和支持，带给我满满的正能量。如今，他和东营广饶的一位残疾孤儿崔宝宝无亲无故，却给了他大哥一般的支持和帮助，使他受到了社会各界的广泛关注。他是一个小警官，却用一支智慧的笔描述着他所理解世界的五彩斑斓，他是儿子，他是父亲，他是丈夫，他是哥哥，他用心诠释着人世间的角色，当他失去人间最宝贵的亲情的时候，他没有因此而颓废和沉沦，面对悲情，他用一支智慧的笔，饱蘸大爱，和着热情，完成了对命运的悲悯和救赎。

在《影子青春》这本著作里，他真实书写着一个年过不惑但不油腻的中年男人，对生活、青春、生命的感悟。辛乐，一个真性情的汉子，"男儿有泪不轻弹，只是未到伤心处"，他用自己智慧的笔锋，犀利地解剖着自己，时而凌厉、时而温柔地看着这个世界，记录着他对这个世界的真情感悟。眼睛是心灵的窗户，文字是心灵的反映，通过这一篇一篇的散文和随笔，我看到了辛乐所经历的悲欢离合，触摸到了他跳跃的思维和对事情的洞察力，我相信，他本是一个乐观阳光的人，但上天却加给了他与之相反的东西，这是天将降大任于辛乐也，必先苦其心志，劳其体肤，空乏其身，而后必成大器也。他在文中说，我这一辈子，经历了别人几辈子都没有经历的事情。这些磨难必将像太上老君的炼丹炉，让他历经千锤百炼，定能淬火成钢，凤凰涅槃，发出灼灼光华。

老林是一个平凡的人，但他又不甘于平凡，希望辛乐今后的路越走越宽，一如他的名字，辛劳且快乐，直达山顶，直抵辉煌。

（作者系中铁一局集团有限公司法律顾问）

序三：曾经沧海难为水

刘　军

2019 年 1 月初，我拿到了好友林辛乐第二本书《影子青春》的书稿，边读边思，感慨很多，一直想写写心得，却没有动笔，感到没有题眼。

转眼到了春节，《流浪地球》等电影引发了全社会极大的关注。著名编剧汪海林老师有一篇专访畅谈《流浪地球》，他的一个观点是：这部中国首部科幻电影的一大贡献，便是为世界电影提供了新的、独特的中国价值，在他看来，所谓的中国价值就是电影表现出的中国精神和中国人的道路选择。我一下豁然开朗，久寻不见的题眼就这么来到了眼前。我那些浓浓的感触凝结为一点，《影子青春》最大的价值就是留存了 20 世纪 90 年代以来，无数普普通通的中国人的精神状态和日常生活。

毫无疑问，辛乐的写作属于个人化写作，个人化叙事，《影子青春》同他的心灵自传《岁月有痕》一样，是这位警坛歌者的自画像，一个字一个字地记录了一个真实的自己，别样的人生，读者可以看，可以听，可以回味，可以触摸这个真实的年轻人和他丰富的精神世界。然而最本真的个人叙事的另一面，却是一个春风化雨般的宏观叙事，作品描写了以作者为代表的一代中国人、一群中国人的生活。我们中国人的生活，是当下的，琐碎的，一地鸡毛的，著名作家刘庆邦写普通农妇喂鸡可以写满两页纸，林白的《妇女闲聊录》充满了无数最朴素、最具现实感、最口语化、最与人世有关的人间痛痒，经典中的经典《红楼梦》关于家族生活的描写更是精确入微、事无巨细，为后人研究晚清贵族之家的生活提供了最鲜活的记录。

在林辛乐的笔下，无数的求学、工作、娱乐、奋斗、爱情、分别、团聚、旅行、创造等普通人的锅碗瓢盆、柴米油盐、赤橙黄绿、喜怒哀乐跃然纸上，无数个鲜活的人儿手拉手，肩并肩，微笑着，坚定地向我们走来。可以说，作者用两部作品就建构出了中国 70 后一代的现实成长史，描绘了新中国的改革开放史，勾勒了中国人的思想变迁史，展现了社会思潮的发展进步史。作为一个习惯于用档案眼光看待作品的档案人，我从辛乐的文字里读取了当代中国人最一手的人生档案。个人认为，这种写作，会随着时间的流逝，越来越彰显出它独有的存史、育人的价值。

辛乐的作品有着无比广阔的生活内容。如果你善于回眸往事，《影子青春》就是人心中最柔软的一块，忆往昔的峥嵘岁月、灿烂青春，会让你怦然心动，引领你看到青春的自己，少年的人生，成长的彷徨，情感的爱与痛。如果你善于驴友相扶，万水千山，你可以跟着欢快的文字畅游美好河山，领略世间风景，并在各地历史人物画廊中与他们对话。如果你是个精神世界的探索者、朝圣者，你可以在作者的陪伴下与周国平、钱钢、傅爱毛等中国现当代知名作家、导演展开精神的对话，与他的精神教父崔健为代表的中国摇滚音乐达人们一起歌唱生命的怒放，不断充实自己的信仰。

辛乐的作品有着极为丰富的情感容量。读过《岁月有痕》和《影子青春》的人有一个共同的感触，阅读时需要准备手绢，因为作品里有着浓得化不开的血肉亲情，如同70后们念念不忘的电影《妈妈再爱我一次》一样，会不知不觉地让泪水涌出双眼。作品还有浓得化不开的同学情、朋友情、同事情、师生情……一段段对人伦情感的细腻描写剖析，会让人会心的大笑，一同体味大碗喝酒、大口吃肉的快意人生。

辛乐的作品中充满了人性的光辉。《让心灵像风一样自由》《心有多大世界就有多大》《站在新的起点自由呼吸》……这些充满正能量的标题与它们后面的内容一样，展示了无论是逆境还是顺境，作者和身边的人都在坚韧地、顽强地、积极地生活着。我多次与家人谈到辛乐的人生，他经历了母亲、父亲、妹妹、大姑、奶奶等等太多亲人的逝去，又加上自身经历的种种波折，如此密集强大的折磨都没有毁灭他巨大的生活勇气，才成就了他不凡的人生传奇。他对打拐寻亲的执着与坚守，对崔宝宝等人的无私帮助，更让我们感觉到人格的力量、人性的光辉是如此的耀眼和美好。

辛乐的作品中充满了经典与思辨的力量。辛乐的作品涉猎广泛，名家名作、经典观点信手拈来，许多给读者留下了深刻的印象，深得共鸣。从白岩松"说人话，关注人，像个人"，到《乱世枭雄》中张作霖的"大笔写大字儿，大人办大事儿"，从周国平对孤独和希望的诠释，到《明朝那些事儿》当年明月所言："历史这个东西，太深奥了……我只要翻开那本书，我就是在看大海。"从《唐山大地震》作者钱刚"生活，就是生气勃勃地活着"。辛乐说过，在阅读别人的作品时，他在思忖自己应怎么做人、怎么完善自己的性格、自己的人生怎么去走，这就是无数读者和他一样的阅读动力吧。

辛乐的作品有着成熟的叙事技巧。同为警营的书写者，辛乐的文字具有特殊的印记，他擅长的是自己熟悉的生活，切身的感悟，用文字固化这些生活和感悟，他游刃有余，驾轻就熟。平凡的生活产生伟大的文学，感恩生活，是生活为辛乐的写作提供了源源不断的营养。我将他归为理性思维型的人，与我截然不同，他似乎拒绝着想象。我一直顽固地认为，思维方式决定着创作的选择与方向，辛乐这样的人最适合他的武器是散文。他的散文如同他的长矛和大刀，挥之披荆斩棘，扬之长袖善舞。作为一个心思敏感细腻的人，能将一草一木，一花一叶，一吟一鸣，一举一动，尽收囊中，化蝶为蛹，散发出形散神不散式的迷人风韵和光彩。

与文章相比，辛乐的人生更加丰富。有道是文如其人，作品的博大能在很大程度上印证做人格局的博大。不了解辛乐这个人，就不能完全地理解他这些充满人性、人情和力量的文字。

在我看来，辛乐是一位忠实的记录者，生活是一锅浓汤，他如一个汤勺，历经了平静和沸腾，取一瓢而饮之。辛乐是一位坚定的思想者，思考是他的存在方式，通过思考提升自我是他的不懈追求，他不断地用文字雕琢自己的思考，《岁月有痕》和《影子青春》的思想含量让它们受到读者的欢迎是有充分理由的。辛乐更是一位不折不扣的行动者，从小到大，从考试求学，到医治亲人，再到干事创业，他从没有安于现状，从没有停止奋斗，他不断地追求信仰，追求成功，追求真善美，追求人生的价值，他的生存状态仿佛只有五个字：永远在路上。

与辛乐的相识始于文字，从电话的交流，到网络的聊天，再到孔孟之乡的一面之缘，一切都如溪水般自然流淌，我相信与辛乐的君子之交，如醇酒之香，如清荷之韵，会继续持续下去，直至生命的终点。辛乐在大学毕业留言里给他最好的朋友写了几句话："这使我有足够的时间去发现和认识你身上最可宝贵的东西：质朴、善良和胸怀宽广。四年来的你，始终对人格的完善和人生的最高境界有一份执着的追求；始终在浮名和功利之外坚持着自己有血有肉，敢爱敢恨的个性。"其实，这些话用在辛乐自己身上，也是恰当的。

此文的最后，我衷心地祝福辛乐能像他的留言一样，一如既往地坚守自我，一如既往地坚强地生活下去。再套用作品中的语言说一句话"这个时代像一列火车，我们已经很难追上它，而辛乐始终和它并行"。期待今后的时光里，辛乐老弟能有更精彩的文学作品问世，继续为我们这个世界贡献更多的价值。

（作者系山东济宁市公安局民警）

目　录

岁月如歌

让心灵像风一样自由

我像风一样自由/就像你的温柔/无法挽留/你推开我伸出的双手/你走吧/最好别回头/无尽的漂流/自由的渴求/所有沧桑/独自承受

——题记

这是 2010 年的倒数第 3 天，属于你我生命中的 2010 年只剩下两天了。2010 年即将远去，如远逝的钟声，如东去的流水。这一天，我读了一篇文章，听了一首歌。一位叫采菊的文友，尽管在互联网各个论坛上换了很多名字，但我还是通过文字认出了她。文字是生命的语言，是心灵深处发出的声音，她用行云流水的文字告诉了我们，她所理解的亲情、友情、爱情，她说她要让生命和心灵，在前行的途中，都越来越靠近阳光。

于是，我举目望去，办公室窗外冬日的阳光下，路边树木叶子已落尽，停车场旁边原本枝繁叶茂的一棵大树也被人砍成若干枝杈，几个当地的农村妇女正忙着打包，算是她们这一年最后一笔收入。其实，人生又何尝不像一棵树，当我即将度过 35 岁，迎来生命中第 3 个本命年的时候，我考虑更多的还是"生老病死"的问题。我决定，2011 年第一件事就是给我这条命买一份 30 万的保险，如果我有什么不测，我可怜的儿子，还能有钱继续生活下去。这一天，我打开车里音响，去听那首不知听了多少遍的许巍的《像风一样自由》，此刻，我突然泪流满面，我突然明白了这首歌之所以打动我的竟然是它的歌词——"我像风一样自由/就像你的温柔/无法挽留/你推开我伸出的双手/你走吧/最好别回头……"

2010 年，我到过很多地方，北京、上海、苏州、济南、云南，在香格里拉普达措国家森林公园里行走时，我情不自禁唱起的就是这首《像风一样自由》——"无尽的漂流/自由的渴求/所有沧桑/独自承受。"从云南回来后，我决定无论今后走到哪里，都要带上我的儿子，让他和我一起分享看到的一切景色和感受。作为我生命和梦想的传承者，儿子是那个你一上楼就听出你脚步声然后大声喊你爸爸的人，儿子是你晚归时他会反复念叨着你直到睡着的人。

感谢有你，我的儿子，我每个夜晚搂你入眠，每个早上送你去幼儿园，我们一起去上海看怒放摇滚演唱会，一起到济南动物园看大老虎，一起看周润发的《阿郎故事》。2010 年，喜欢并坚信那句话：不管怎样，生活都得继续。

2010 年，我写过一些文章，我喜欢有感而发，从来拒绝无病呻吟。而许多年前的这个时候，我会趴在桌子上恭恭敬敬地给老师写贺卡。今年我的一位恩师苏颖琦，已经永远离我而去了，参加完苏老师的追悼会后，我写了篇文章《越来越多我们所爱的人正在离我们远去》，后来，清明节那天，苏老师的女儿突然打电话给我，说她们要去给苏老师上坟，问可不可以把这篇文章打印出来，在苏老师的坟上读给她听，然后烧掉。我说，当然可以，我文中表达的情愫，苏老师在天之灵，会有感应。这一年，我学会了从生命的尽头看人生，看看自己应该珍惜哪些人哪些事。这一年，长我一岁的滨西分局同事王展华在岗位上以身殉职。36岁，如果能够重来，也许展华会明白，人的一生除了工作，值得我们珍惜的，还有健康、家人和儿子。我看了展华儿子在追悼会上的照片，有种想哭的冲动，这么小的孩子，没有了父亲，没有了这个强大的靠山，他的人生将会面临多少艰难和风雨。从后面看人生，珍惜当下，珍惜身体，珍惜身边每一个亲人和朋友。2010年我在旅游时，经常会看到夕阳红旅行团，看到一些老人，精神矍铄，兴致勃勃地和我们一起欣赏景色，我心里在想，是不是也要等到自己老了，才能挤出时间去云游天下，看遍祖国大好河山？

2010年，我遇到很多在我极其困难时，给予我无私帮助的人，有句话叫作"患难见真情"，感谢你们，你们让我坚定信念，好好为人，好好做人。白岩松新书《你幸福了吗》里有一句话，我印象深刻，他说，现在办公室里的人都去做人去了，谁还在做事啊？我的理解是，做人与做事同等重要，做人做好了，往往能得道多助，事半功倍。从2009到2010，我用了两年的时间读完了7册《明朝那些事儿》，收获的却是一辈子做人的财富。现在我有一个60多岁的忘年交，是一个退休的老大夫，他叫张益鹏，他也喜欢这套书，我和他交流最多就是这本书的作者和书中的人物。

这一年，我到了苏州寒山寺，我知道了"寒山寺"三个字，原来是两个人所写，"寒山"二字是明朝四大才子之一的祝枝山所题，但是他写一个字要收一百两黄金，寒山寺的方丈凑了很久，只凑了二百两黄金，所以只求得了"寒山"二字，到了清朝，有个姓张的状元听说了此事，主动找到寒山寺时任方丈，要求帮助题写一个"寺"字，不收一文钱，但是前提是在"寺"旁边留下自己的名字，于是就有了"寒山寺"三个字。看来这个世界上，有的人图名，有的人图利，但是超越这一切之上的，是人生的智慧，而做人的智慧就是懂得付出，敢于失去。

2010年，我们经历了玉树大地震，我们在电影院里看了《唐山大地震》，著名报告文学《唐山大地震》作者钱钢说过，"生活，就是生气勃勃地活着"，我相信这是他采访了许多苦难家庭后得出的结论。放眼望去，大街上行走的既有洋洋得意的"官二代"和"富二代"，也有低头乞讨的老人和孩子，每当我遇到一位用手支撑着走路的残疾人时，我都要递给他几块钱，因为他的残疾很像我的妹妹。的确，生活就是生气勃勃地活着，对于金钱和权力，我们的拥有是不公平的，但是对于时间和阳光，我们又有着绝对的公平。

2010年，我读到了六世达赖喇嘛仓央嘉措的诗"一个人/需要隐藏多少秘密/才能巧妙地度过这一生/这佛光闪闪的高原/三两步便是天堂/却仍有那么多人/因心事过重/而走不动"。窗外，已是夜色阑珊，再有两天，我们无论贫富贵贱，一起走进新的一年。张楚的歌词里说，愿上苍保佑吃饱饭的人们，我说，愿上苍保佑每一个跳动的灵魂。我们来到这个世上，可以受饿，可以受冻，但是，请求上苍，让我们的心灵像水一样清澈，像风一样自由。

（写于 2010 年 12 月 29 日）

心有多大世界就有多大

这是 2011 年岁末的一天，我端坐在电脑旁边，感叹岁月的流逝，伸手触摸自己愈发苍老的脸。我们这些活着的人，无论贫富贵贱，都要一起走进这个曾被称为"世界末日"的一年。在我心中，对于这一年，却早就充满了希望。

过了年，林子贺将迎来他的 7 岁生日，这一天，儿子已经提醒了我很多遍。儿子，爸爸想对你说，今年爸爸一定要陪着你过生日，给你一份让你惊喜的礼物，陪你照一套组照片，留下你的每一个表情，每一张笑脸。为了你，爸爸还要努力奋斗，争取有套自己的房子，一个不需要太大的家。爸爸要给你买一套一楼的房子，你可以在院里玩耍，拥有一个"有院落的童年"。

2012 年，我还将静静地坐在电脑前，噼里啪啦地打字，书写《岁月有痕》的章节，其实这件事情，也和儿子有关，因为无论它是否能够发表，儿子长大后是一定要看的。我想对儿子说，爸爸离开这个世界的时候，不可能会给你留下很多钱，这些人生经验和教训就是爸爸最富有的精神遗产。

2012 年，除了写作，我还要更多读书，更多思考，更多丰富内心。我越来越觉得，心有多大，舞台就有多大，世界就有多大。每当你的心胸更开阔一点，视野更开阔一点时，你的思想就会达到新一层的境界。你会明白人为什么而活着，可是有些人，始终都没明白这一点。就在 2011 年，不知有多少人因为贪婪而离开了自己的别墅，住进了一个叫"监狱"的地方，更为痛苦的是，他们其实早就走进了自己的"心灵监狱"，他们早就搞错了活着的意义。亚历山大二世在临终前有两个愿望：一是要找一千个人抬他的棺材，一是把他的双手露出棺外，前者是为了显示他生前的辉煌，后者则是告诫世人：我走后两手空空，什么也没有带走。

原谅我在这辞旧迎新之际提出这些严肃的问题，真正的问题是，不思考明白死的问题，怎么可能好好地活呢？

2012 年，让我们更看重内心世界，更看淡外在的奢华，让我们活得更加本真，更加善良，做个"人"，或者更像个"人"。有人开玩笑说，生命的宽度在于，某一天，在街上看到一位老奶奶摔倒，所有人都抢着去扶她，让她不知道该讹谁好！

心有多大，世界就有多大。舞台大了，离不开观众，朋友就是你身边给你鼓掌的观众，你有广阔的心胸，就有广阔的朋友圈，这些朋友将陪着你一起走进 2012 年，陪你觥筹交错，陪你引吭高歌，或者默默流泪，试想，如果没有观众，舞台上的你还能坚持多久？

心有多大，世界就有多大，宽容别人就等于宽容自己。不懂得宽容，你的心就会永远局限在那个笼子里，最终受折磨的还是自己。宽容地对待这个世界，合理的永远会存在，不合理的迟早要灭亡。我们的心要能容下这个世界，因为我们每个人同时也是这个世界的一分子。

心有多大，世界就有多大，让我们一起携手走进 2012 年。2012 年，灾难也许还会有，但是我们有了更强大的心理预防和抵抗力；犯罪未必能完全避免，但我们有了更强大的战胜邪恶的勇气和决心。2012 年，梦想会继续，我们每一秒钟都会比过去活得更精彩，生活会继续，每一步都会比过去走得更轻松！

（写于 2011 年 12 月 30 日）

和你在一起

这是 2014 年的最后一天，我跟随时光远去。我逃离我生活的城市，要去上海的外滩，聆听新年的钟声。2015，我要和你在一起。

这一年，我们经历了太多的灰色与雾霾，但是当我来到兰州时，发现这里的黄河水居然是蓝色的。在这里我见到了从清华大学支援西部的孙伟师弟（胜利一中 96 届毕业生），西北的阳光把他的皮肤晒得黝黑，而他的目光却一如黄河源头的水一样清澈。从县长到区长，荣耀的光环背后，他承载的更多是压力，与妻子分居两地，无法照顾年迈的父母。如孙伟师弟这般的脊梁，正是一个国家的希望所在。强国之梦，我要和你在一起。

这一年，有太多的缅怀与思考。清明时节，我到了南京雨花台，也登上了中山陵。这两个地方，有千丝万缕的联系，如今的游人也是络绎不绝。无论是面对曾经的国父，还是那些英年早逝的革命烈士，我的灵魂都在接受一次次震撼。他们的人生，追求的是什么？滚滚历史长河，唯一不变的是精神。正义、理想，这样的字眼已经越来越少的在现实生活中听到，但是在人类历史的画卷中，它从未远离。人类追求正义的脚步从未停止，一代又一代，生生不息。正义之光，我要和你在一起。

这一年，有太多的惊喜与见闻。我到了成都，吃到了著名的宽窄巷大妙火锅，也看到了武侯祠里岳飞亲笔书写的《后出师表》。生命原本美好，看看悠闲的成都人，真想让时间停止，不想走了！我触手可及乐山大佛，我登上了巍巍的峨眉山，我造访了万年寺，我逗耍了峨眉山的猴子。我相信，抬头三尺有神灵。拜佛，就是拜自己的内心。内心的平静与快乐，我要和你在一起。

这一年，有太多的友情与感动。整整一年，我无时无刻不沉浸在校友相逢的快乐中。每打通一个电话，就如同打开了一个世界，你在那边，我在这边，母校这片净土，是我们共同的家。有人说，越来越喜欢和发小在一起，因为知根知底。有人说，和同学们在一起，延缓了衰老，仿佛永远活在青春之中。单纯的友谊和信任，我要和你在一起。

这一年，有太多的成长与幸福。每个早上，林子贺总是让我亲了又亲、抱了又抱才肯起床，子贺，你的不安来自爸爸的疏忽与忙碌，你该逐渐学会自立与坚强。

这一年，就这样过去，每个夜晚鼾声依旧，每个早晨忙碌依旧。这一年，多少人锒铛入狱，多少人走下神坛，又有多少大V成了大忽悠，草根与明星究竟能有多少差距？这一年，多少人赚得盆满钵满，多少人被逼得从高楼跳下，多少人移民出国，又有多少人再度归来。这是个全民狂欢的时代，这又是个大破大立的时代。移动互联网连接你我，一部手机竟能赢得天下。微信朋友圈让你我如同邻居，正如我从手机上撰写这篇文章，正如你在被窝里读我的文字。

　　这一年，就这么过去。我，依然活着。我，依然自由。相比很多人而言，这就是我最大的幸福。我不向往高处不胜寒的荣华富贵，我不羡慕挥金如土的奢华生活。我宁愿多读几本书，我宁愿多去几个陌生的城市。我就是我，一个四十不惑的我，一个疯疯癫癫的我。我要活得任性一些，我要更加洒脱和真实。我乘坐的动车正开往上海，我要在那里，沐浴新年第一缕阳光，我要每一缕阳光，都和你在一起。

（写于 2014 年 12 月 31 日）

让心灵不再孤单

这是 2015 年 12 月 31 日凌晨，子贺已经枕着我的胳膊睡去，夜静得能清晰地听到他细微的鼾声，我轻轻给他掖掖被子，然后拿起手机，写下这个题目：2016，让心灵不再孤单。

昨夜，子贺刚刚注册了一个微信号，我问他，你想起个什么名字，他说叫小林，我说不如叫疯癫小林吧，他忙点头同意，因为他知道他爸爸的微信名字叫疯癫老林。

他已经习惯了他爸爸的疯癫。去年的今天，他这个疯癫的老爸自己跑到上海，要去上海外滩聆听新年的钟声，却没想到，和一场灾难擦肩而过。仅仅是因为堵车，我晚到外滩半个小时，而三十几条生命，却已在对新年的美好憧憬中离开这个世界，于是，这一年的 365 天中，每每想来，都会感叹唏嘘。

世界就是如此变幻莫测，飞机飞着飞着就没了，火车跑着跑着就撞了，船开着开着就沉了，天津某地的居民，睡着觉灾难都能从天而降。有个朋友的网名让我一看就想笑，他叫：走走道儿就疯了。当我们每天抱怨出门碰见雾霾、赚钱真难、跌倒了没人扶时，想想这些旋即而来的灾难，你真的还能抱怨得起来？

"旋即"这个词，应该能算作今年的流行语。有些高官，旋即被查，有些老板，旋即跑路，有些钞票，存在银行里，能旋即而飞。不是我们越来越看不懂这个世界，而是这一切偶然，其实都是"必然"。你为什么不好好收敛自己的欲望，你为什么花别人的钱那么开心，你为什么总想天上能掉馅饼？哲学曾经是我大学时最喜欢的一门课程，尽管那时我经常逃课，但是这门课，我总是会乖乖地坐在老教授的眼皮底下听他讲，这个世界是每时每刻都在发展变化的，世间万物都是有普遍联系的，从量变到质变总是有个过程。

2016年，不知这位老师是否还健在，我却在新年到来之际，想起他课堂上的某个场景，也明白了现世的很多道理。人生如哲学，很多当下的见闻，都能从历史上找到相似的场景。我常常在想，这个世界到底怎么了？其实，世界就在那里，只是我们的灵魂，越来越无处安放。车子越来越多，街上越来越挤，那么多空置的房子，却盛不下我们的心灵。

这一年岁末，我来到了成都的杜甫草堂，近距离感受了这位诗圣"安得广厦千万间"的情怀。他曾经有个令人骄傲的家世，拥有根正苗红的贵族血统，20岁到29岁游山玩水，广交朋友，也曾在长安城里结交权贵，好不容易做了县令，骑马赴任时，却遇上了安史之乱。所谓，国家不幸诗人幸。一首首千古名句从此诞生，站在杜甫草堂前，我的心灵一次次被震撼，触动我的，是他诗里隐藏的"心怀天下苍生"的情怀。

这一年，郭美美的真面目在法庭上显露，令多少曾经的粉丝大跌眼镜。正义从未死去，历史总在重演。但是，我要说，学会宽容吧，人都有不易的时候，身陷囹圄时，冰冷的不是窗棂，而是世道人心。家人的一封信，一句问候，也许才会让她感觉不再孤单。

这个时代，孤独是一种病。多少 P2P 平台老板跑路，殊不知，他们跑的是一条孤独的路。与其亡命天涯，不如早日投案，对于他们来说监狱里的馒头，要比家里的香。多少人选择走出围城，民政局里，这边排队的总比那边的多。有位兄弟选择离婚，原因竟然是因为一盒烟，他和老婆一直 AA 制，各花各的钱，有一次他问他老婆借 10 块钱买包烟，他老婆居然冷漠地回绝了他！

这个岁末，我在电影院流下热泪。老炮儿单刀赴会，在冰地上冲锋的瞬间，我的热血也被点燃！他用硬气和骨气征服了他的对手，也征服了无数观众。我的脑海里响起的是崔健的《最后一枪》，英雄倒地，只有泪水，没有悲伤。人生若像老炮儿这般死去，也不枉做回男人。当片尾《花房姑娘》响起时，我也得意地笑了。老炮儿并不孤单，因为他的人生，一直都有兄弟在场。兄弟们出狱时，都带着笑脸，"你问我要去何方？我指着大海的方向"。此时，我已入戏，真心觉得，内心强大，何惧孤单？生活再难，也要像老炮儿一样去战斗！

（写于 2015 年 12 月 31 日）

站在新的起点自由呼吸

这是 2016 年的倒数第三天，阳光出奇的好，我在山东的东营，提前问候我的朋友们，新年好！

日月如梭，光阴似箭。一年年过得越来越快，很多事情就怕来不及，包括这篇辞旧迎新的文章。一个月前，我回老家看望 90 岁的奶奶，她对我无比依恋，让我多待一会儿，并把自己积攒的好吃的都给我带上。如今，她送我的核桃还没吃完，她已经躺在医院的病房里，昏迷不醒。熬到 2017 年，对于她来说，很艰难。

今年 11 月底去海南时，那里还是夏天的景致，在椰田古寨，苗族的导游告诉了我们三个不能等：孝敬老人不能等，教育孩子不能等，身体健康不能等。虽然是她希望我们买她的银器，但这话说得很是入情入理。

这一年，有太多的事情让我们的心情跌宕起伏。世界原本丰富多彩，但是很多事情还是惊爆我们的眼球，互联网越来越发达，世界另一端发生的恐怖袭击，阴影瞬间就能映进我们的内心。反击暴恐不能等。我们生活在同一个地球，我们要和平，不要战争，"宁做太平犬，不做乱世人"，我们希望每个人都能平安地活到老，而不是在明天到来之前，被突如其来的灾难或袭击掳走。

这一年，我在樱花盛开的季节登上南京鸡鸣寺。鸡鸣寺与南京古城墙相依，从鸡鸣寺后门登上古城墙，俯瞰樱花盛开和熙熙攘攘的人群，那一刻的美好感觉让我难忘，我们生活在一个平安祥和的社会，唯有社会平安，才能让人们心安。

这一年，有太多的艰难让我们懂得放弃。问问你身边的人，你辛苦吗？今年的生意好做吗？相信你会得到相似的答案。前一段时间，我们被雾霾包围，我每天摸黑上班，摸黑下班，一天最冷的时候是刚刚启动车子那一刻，有时候看到前挡风玻璃没有被冰凌掩盖，内心都会小小地高兴一会儿。我特别关注那些早起的人们，单位旁边有一个早点摊，夫妻俩临时支起的摊位，油条、豆浆卖得很火，甚至招来其他摊点的嫉妒。有一次下雨天，我问她生意怎么样？她说，周末上班的少，生意不好。我多买了几根油条，换来了他们感激的笑容。后来他们支起了帐篷和围栏，为了遮避风雨，再后来，我发现他们不干了。每天早上路过这里时，心里都有些怅然。如此能吃苦的他们，最终也选择了放弃。

放弃其实是一种很难达到的境界。放弃无用的社交，可以换来更高质量的心灵独处，放弃早起的辛苦奔波，可以换来身体更好地休整和康健。这一年，我有太多的时间思考生与死的问题，真正从心里意识到，在生死问题面前，一切问题都是小事，活着，其实就是最大的幸福。

这一年，有太多的事情让我们懂得规则。今年，我读了一本书，是吴思先生的《潜规则》，从中提炼了一句话，潜规则也是规则，违反了也要付出代价。

这一年，我完整地看完了纪录片《永远在路上》，内心很受震撼。这部纪录片警示领导干部守法守纪守规则，而不是按"潜规则"搞事情。巅峰之侧必有悬崖，某位官员在忏悔中告诫自己的女儿将来不要从政。无限风光在险峰，相比而言，我们做个安分守法的平民老百姓，多么幸福。

这一年，有太多的事情让我们感受世道良心。人性本善还是人性本恶是个古老的命题，从不同事情上可以看到不同的人性。罗一笑的帖子刷屏时，我没有立即转发，而是想先看个究竟，没想到很快反转，再有了后来种种。人性是很复杂的，就像我看过一篇文章，有位农民工在工作中被大面积烧伤，抢救很多天后，他的妻子和他的老板居然达成一致，希望他尽快死，尽早得到赔偿。人性有时如此黑暗！但是，罗一笑事件说明，这个社会好人多，社会的良心是向善的。从一次次转发走失寻人的帖子，从一元、两元的捐助轻松筹的病人，我们能感受到社会的关爱，人们的爱心。

这一年，我认识了一个残疾孤儿崔宝宝，他因为先天残疾，两岁时被父母抛弃，但是政府没有抛弃他，委托一对夫妇把他养大，至今他还享受着政府低保。令我感动的是，今年母亲节那天，他在朋友圈祝福自己的母亲节日快乐，言辞恳切，令我潸然泪下。他的事迹经县市级媒体报道后，引发了央视的关注，中央一台的《生活圈》栏目也报道了他寻亲的事迹。他其实很像我去世的妹妹，身体残疾，但心理健康，心地善良，对命运和社会没有抱怨，唯有感恩。我身边很多热心的校友和朋友都尽自己所能去帮助他，我的一位同事，自己的儿子得了热射病，还在康复治疗过程中，她也给崔宝宝捐了 200 元钱。所以，我坚信这个世界充满爱。一定要做个好人。

这一年，即将过去。一桩桩发生在我们身边的案件都曾让我们胆战心惊。但无论是"盗抢骗"，还是爆恐事件，都将倒在人民公安的铁拳下，利剑已经高悬，一定会让恶人无路可逃，让恶行无缝可钻。2017 年，我们期待社会平安，国家昌明，人民康健。

这一年，即将过去。无论心酸与荣耀，成功与失败，2016 年，注定成为我们记忆中的一个符号，我们和它挥手再见，我们会永远记住那些在这一年里离去的朋友和亲人，我们擦干泪，拍拍身上的尘土，继续前行。

这一年，已近终点。但终点即是起点，2017 年，愿我的奶奶早日苏醒，与子孙们一起迎接新年的阳光。愿上苍保佑世界和平，让正义和爱心照亮每一个角落。2017 年，愿我们每一个人都能站在新的起点幸福地生活！

（写于 2016 年 12 月 29 日）

过　年

　　鸡年的春节比往年来得要早一些，有个成语叫"闻鸡起舞"，鸡年什么都要赶早，包括春节。

　　坐在办公室里是感觉不到节日气氛的，路过西营集，走进胜大超市，走进东都，才能感觉得到满满的年味儿。谁说线下实体店都快倒闭了，连路边卖水果的摊位都忙得不亦乐乎。我在心里祝福每一个做买卖的人都生意兴隆。

　　我不喜欢过年有好多年了。过年让我心情很沉重，过年让我更怀念逝去的亲人，过年让我如同过关，要让所有人满意，要问候很多人，也要回复很多的问候。过年，不能失礼。

　　这已经不是儿时单纯而快乐的春节。那时小舅从土产商店给我买那么多的烟花爆竹，我看他时的那惊喜眼神就像现在林子贺看我给他买乐高时的眼神一样。儿时的快乐很容易满足。那时的我，很难想象，自己长大后，连鞭炮都懒得放，有时候用烟卷去点鞭炮时，生怕炸着自己的手。人是越长大越胆小了吗？

　　那时的春晚真叫春晚，父亲经常边包着饺子边说，就喜欢陈佩斯啊、赵本山啊，那时看完他们的小品痛快淋漓地笑一场后，睡得真香。

　　那时晚饭前父亲要带着我去路边烧纸，父亲能里能外，炸藕合、包饺子样样精通，忙活起来，有时会训斥妈妈，我和妹妹最讨厌的事就是父亲过年发火，现在想来，他是心里急，因为他是家中最忙活的人。父亲很认真地教我怎样"祭祖"，爷爷走时，他才14岁，很多父爱都没有感受到，但是他依然祭拜得那样虔诚，每次他都告诉我，养儿一场，就是为了离开这个世界后，有人在世上能记着他。

写到这里，眼眶有些湿润，明天就是年三十，祭祖的事父亲生前早提醒我了，我可不能忘记这个事儿。

父亲其实在教我学会感恩。东营有个天鹅湖，天鹅湖有个观音寺，是我西北大学师兄程远志参与复建的。之所以叫复建，是因为唐代时这个方位真有一个观音寺，香火很旺。每次带朋友去观音寺时，程师兄都亲自当导游，他的讲解词我几乎都能背下了，印象最深的是他讲解墙上有幅壁画，是观音化身为你的领导、同事、朋友、家人，他们也许会训你、责备你，但他们其实是观音的化身，都是为了让你变得更好，他们即是你的"佛"。

春节正是给我们一个感恩身边"佛"的机会。走亲访友，互致问候，礼尚往来，千百年来，这个节日其实是让我们和身边的人的关系变得更加亲密。

儿时的春节其实就是一个年三十，大年初一，之后父母就拿着照相机出去给人照相挣钱了，春节让我懂得父母的勤奋和艰辛。他们不向命运低头，靠勤劳致富，所以给了我一个相对宽裕的童年，20世纪80年代中期，母亲在春节舍得花27元给我买一套《西游记》邮票，那是她在胜采公园给人家照相赚钱买来的，我喜欢的东西，她总能尽量满足我。那是我多么难忘的春节啊！

如今，手机和微信改变了我们的春节。从支付宝的集五福，到微信对话框里提前到来的春节祝福。我们更方便地传递着我们的喜怒哀乐，我们能从朋友圈看到各种年夜饭、各种灯会、庙会，我们不再依赖春晚带给我们快乐，在微信群里抢一分钱红包也是乐。快乐其实很简单，关键在于你有个什么心态。今天在钻井的街上看到一家餐饮店，名字叫"心灵鸡汤"，我暗自笑了好一会儿。

如今，打开电视，我总是迫不及待地想看到特朗普又签署了什么文件，又有什么惊天举动。这个"雷厉风行"的总统，一上任唰唰签字的样子，让很多人欢喜很多人忧，筑墙也好，废除医保也好，谁也阻止不了大洋另一端的中国，举国上下欢度春节。

如今，摆摊打气球的天津赵老太被判缓刑，中国的法治进程阔步向前。就连林子贺都知道公园里再不会有用枪打气球的了，那曾是他最喜欢的游戏。

如今，又至春节，《新闻联播》里一片祥和，黑龙江的一段高速公路几十辆车撞成停车场。多少人奔波在回家的路上，多少人还在风雨中坚守岗位。过年回家，回家过年，我想起以前读到的一个故事，一个农村考出来的大学生在大城市就业后，每年都买一大堆洗发膏等日用品寄给家里的妈妈，同事问他为什么寄这个，他说，妈妈收到后逢人便说她的儿子单位福利多好，什么都发，这些东西更能带给她幸福感和荣耀感。这真是个孝子。

如今，看了一篇文章题目是《为什么北方人祖籍都在山西洪洞县》，也想起父亲经常说起我们的先祖似乎也来自那里。从元末明初到如今，不知经历了多少来代才有了现在的我。今夜，我愿意在梦里穿越，告诉先人们今夕何夕，转眼就是新年。山西洪洞的大槐树依然在，世间已流转千年。现在已经是祖先读不懂的时代，现在已经是瞬息万变的世界，我们远离饥荒、战乱，我们能安宁地过年，愿每一个朋友都能拥有一个抬头欢笑的鸡年。

（写于 2017 年 1 月 26 日）

往事清零，浴火重生

这是 2018 年的最后一天，街上节日的气氛很浓，家家户户都在团聚，我发现楼下都没有停车位了。每一个人都在以自己的方式告别 2018 年，这一年无论是顺利还是艰难，我们都将一起携手走进 2019 年，我在山东东营，问候每一位朋友，新年好！

前几天出差到外地，发现很多工厂的烟囱都在冒着烟，感觉很惊奇，我问同事，不是说很多厂子都倒闭了吗？同事说，冒烟，就代表还活着。

是啊，冒烟就代表还活着，企业倒了，还可以重开，重开就可以有无限希望。人生也是一样，过去不顺，不代表未来不顺，2019 年，让我们以达观的心态面对新的人生里程。

2018 年，是告别的一年。许多对我们的人生有重大影响的人物相继离开了我们。昨晚浙江卫视"领跑 2019 爱你依旧"演唱会上演唱了几首电视剧《射雕英雄传》里的老歌，大屏幕上出现那些熟悉的人物画面，我的心立刻沸腾了，仿佛把自己的记忆一下子拉回了 20 世纪 80 年代，这一刻真切地感受到，金庸先生确实给我们的人生留下了很多宝贵的记忆。

2018 年 9 月 11 日，单田芳先生离开人世，从那一天起，我再次听他的经典评书，从《水浒外传》到《白眉大侠》，再到《大明演义》，有些时间总需要打发，一个逝去的评书艺人，他的声音，却陪着我们这些继续活在世上的人，度过一个又一个夜晚。在这个意义上说，肉体可以消亡，但是精神却可以永存！

于是我在想，我们生活的这辈子，有很多事需要干，有很多事可以干，但是真正能留给这个世界的是精神财富和思想的力量。

当我们面对挫折和不幸时，平静的心态才是最重要的。"气傲皆因经历少，心平只为折磨多"。人过四十，深深感到，人生的后半程要比前半程难走，责任和压力越来越大、身体要面临各种考验，保持平静的心态很重要，相信一切都是最好的安排，不过分狂喜，也不必过分悲观，事情总比你预想中要好。

2018 年，是温暖的一年。有些人在接受社会温暖的同时，也在温暖着别人。在前几天东营义工组织的一次为患有孤独症的孩子征集轮滑鞋的活动中，仅广饶县花官镇的崔宝宝和闫方超两个残疾人就走街串巷收集了几十双轮滑鞋。也许有些人慈善是做秀，但我相信两个兄弟是感受到社会爱心温暖后，真心想力所能及地帮助别人。他们让我知道，同样是活在这个世界上，他们本身很难，却也在散发光和热，照亮并温暖这个世界。

2018 年，对我们每一个而言，都是不平凡的一年。青岛上合峰会顺利举办，青岛因为峰会而变得更美丽，灯光秀映红了海面，醉倒了游人。

2019 年，即将到来，春回大地，万物复苏。每一年都是人生的一段路程，走进新年，等于开启自己新的一程，让我们继续以达观的心态开启新的里程，往事清零，从头再来！让我们永怀平静的心态面对一切，淡化一切悲喜，相信我们会在平静中变得越来越强大。

（写于 2018 年 12 月 31 日）

闪亮开启新的十年

这是 2019 年的倒数第二天，我在家里静静地听着陈奕迅的这首《十年》，写下这篇新年贺词的题目。十年之前，我不认识你，你不认识我。十年之中，微信来了，我们成了微信好友，十年之后，我们还是朋友吗？

时间永不停留。法治在进步，我们也再次审视和思考"正义迟到"的问题。

前几天，济南作家魏新写了一篇文章《再见，一零年代》，回顾了过去十年的很多事情，我印象最深的一句话是：手机内存越来越大，速度越来越快，屏幕越来越清晰，却越来越看不清真实的脸。

是的，过去十年，我们藏身于朋友圈和各个微信群，我们越来越不善于表达自己，越来越不愿在群里说话，而我一直像个小丑，不停地表达自己的感受，不管别人愿不愿意听，因为我一直给自己的定位是：我就是一个写字儿的，只要心中有正义，谁也拦不住我。

管好孩子，是每一对父母都要考虑的问题。当前的教育模式下，孩子已经很累了，作业有时要写到深夜，林子贺已经上初中了，每天凌晨 4 点就起床背诵英语单词。所以不要总逼迫孩子学习，身体和心理的健康才是第一位的。管好孩子的前提是管好自己。我有一位同事，儿子上高三了，他坚持风雨无阻每天晚上接孩子回家，第二天一早再送去学校。有一天晚上聚会，我劝他喝点酒，他说不喝，我说可以找代驾替你开车，他说不能那样，我要给孩子做表率。

我由此想到了我的父母。他们在我记事时起，就很努力地工作、很努力地挣钱。白天，他们出去给人家照相，晚上在暗室里洗照片、显影、定影、烘干、裁剪、装相包，我的妹妹虽然是一个残疾人，但是从小就加入到这套工序之中，每天在家糊相包，我是在这样的环境里长大的，父母用他们的言行激励我，每一天，都要勤奋地活着。

所以，新的一年，乃至未来，我们仍需以积极的心态面对人生遇到的一切。当你觉得生活很难时，不要觉得其他人都很顺。有的人表面上是富翁，实际上是"负翁"，有的人表面上是"教授"，其实暗地里是"禽兽"。我们既要教会孩子们向善，也要教会孩子们如何抵御人性之"恶"。网络让正义的阳光普照，未来的十年，一定是继续惩恶扬善的十年。

人生得意须尽欢，何况是新中国成立整整 70 年。2019 年国庆，《我和我的祖国》响遍大街小巷，身后如果没有强大的祖国，我们在世人面前就不会有真正的尊严。翻开清末民国初历史，袁世凯也曾在天安门城楼上阅过兵，可是那个时候，中国人何曾真正抬起头来？下一个十年，中美经贸摩擦将继续，斗争也好，谈判也好，也是互联的。你中有我，我中有你，谁也阻挡不了我们发展。

下一个十年，祖国日益强大，经济持续发展，也许还有暂时的艰难，但要管理好你的情绪，遇到困难，咬着牙挺过去。也许摆在你眼前的，恰恰就是那第八十一难。迈过去，一切都会改变。

下一个十年，要学会宽容。甚至要学会宽容那些总是批判你、诋毁你的人。他们或是因为利益冲突，或是因为误解、嫉妒，与你总是格格不入。正因如此，你才更应该敞开心胸，认真检讨自己，修正自己为人处世的方式，说话做事更周全。在人生的尽头，你一定会感谢这些人，是他们让你的路走得更长远。

2020 年，闪亮开启人生中新的十年！无论是"奔四"还是"奔五"，每一天都要"奔"！看看那些跑马拉松的人们，他们全力"奔跑"的精神状态，才是人生正确的打开模式。

这是 2019 年的倒数第二天，我在山东东营向各地的朋友们问好！我相信我们都各自面临着不同的难题，但是我们的愿望都是朴素而坚定的。正如我的爱人小芳所言，我愿所有不顺都跟随 2019 年远去，2020 年诸事大吉。

（写于 2019 年 12 月 30 日）

内心的平安才是永远

这是 2020 年最后一天的早晨，我在反复听《我爱我家》电视连续剧片尾曲《诺言》，因为感动我的是这首歌的最后一句话：内心的平安才是永远。一首歌，时隔 28 年听，内心的感悟竟然有这么大的差距，尤其是在经历了 2020 年以后。

2020 年，已经不用我细述中国和世界发生的一切。林子贺很少发表 QQ 说说，有一天，他竟然转发了我的一段说说："我现在越来越喜欢老特了，没有他，这几个月的疫情，我根本无法坚持，谢谢您给我们带来的一车快乐的段子！"世界还是那个世界，只是主宰的人变了。世界已经不是那个世界，我们活得有主权、有担当、有尊严，一切苦难都会结束，只是我们在历经苦难之后变得更强大。

大灾大难看清朋友，大喜大悲看清自己。国家亦是如此。有人说，我从未像今年这样，如此信任和依赖我们的国家。我说，只有遇到生死存亡的关键时刻，你才能体会到，什么是有国才有家。《我和我的祖国》，其实唱得是《我爱我家》。

2020 年还是中国人民志愿军抗美援朝作战 70 周年，我看到那张熟悉的黑白照片，中国人民志愿军雄赳赳、气昂昂跨过鸭绿江的背影，我突然意识到，他们当中很多人那个时候也不过是一些十七八岁的孩子啊！我问高中学生家长们，换成是你的孩子，你敢让他上战场吗？台下一片沉默。同样的问题，我也问过林子贺。他说，他敢！可惜国家不一定会要我，因为现代战争的打法早就不是 70 年前的样子了，需要的是高科技、精准制导，而不是拼刺刀和阵地战。我提出这个问题，是想提醒家长朋友们要重视培养孩子们的家国情怀。如果我们培养的个个都是精致利己主义的学霸，那么未来的某一个危急时刻，需要有人挺身而出时，谁还能做那个"最美逆行者"？

2020 年，新冠肺炎疫情暴发给我们上了一堂真实而生动的爱国主义教育课。它带走的不只是许许多多无辜的生命，还揭开了许许多多虚伪的面纱，我们因此看清了多少人向往的"美好国度"，其实在重大灾害应对面前如此束手无策；我们才知道许许多多有钱人，把孩子从小就送到他们向往的国度，遇到困难无力保护的时候，还是我们伟大的祖国把孩子接了回来。如今，虽然防疫已经常态化，但是经历了大风大浪之后，我们的心情变得平静。背靠强大的祖国，没有过不去的火焰山。回归到一个人身上，一个没有经历过大风大浪的人，怎么能够出类拔萃？如果所有的问题都靠拼爹来解决的话，哪一个当爹的能陪你一辈子？

2020 年 6 月，黄家驹去世 27 周年。27 年来，人们一直说着"再见家驹"，可是却又没人能与他真的再见。他的那些歌曲，至今仍被视为殿堂级的音乐，被不断传唱。有人说黄家驹之后，香港再无摇滚。倒不如说，纵使摇滚乐可延续，但是属于黄家驹的那份坚持与热爱，以及对于音乐近乎理想主义的追求，恐再难得。死亡从来都不是终点，遗忘才是，黄家驹似乎从没有离开过，人们没有将他忘记，时代也从未将他封存。时间过去，他和他的光辉岁月，历久弥新。

2020 年倒数第 11 天，我的爱女林芊言出生。这个世界总是有人离去，有人到来，每个医院的产科，都是诞生希望的地方。大学时代，读周国平的著作，我就梦想有个女儿，没想到时隔 25 年，这个梦想才得以实现。看着她使尽全力吃奶的样子，我能体会到我们每一个生命刚来到这个世上时，都是如此努力的！我计算过，等她上高中，我就 60 岁了，等她结婚，我可能就 70 岁了。儿女是上天赐给我们的礼物，是激励我们更有活力走好生命后半程的人。我们请的月嫂叫宋爱梅，她是河南濮阳人，有两个儿子，老大 21 岁，老二 12 岁。有一次我听到她的小儿子给她打电话说，妈妈，这次期末考试如果我能够进入年级前五名的话，你能不能让我哥哥把他多余的那个手机送给我？我立即建议她答应给孩子买个新手机，并且每天晚上都要给孩子打个电话。对于千万个中国留守儿童而言，父母在，家在；父母不在身边，每晚一个暖心的电话，家也在，一个电话能让孩子内心平安。

2020 年，我看过一篇文章《我的公务员丈夫，拍桌子辞职后，差点活成废物》，文章非常励志，文中结尾说，没有生在罗马的孩子，要学会赶路。没有伞的孩子，要拼命奔跑。没有权势的男人，要活出自己的滚烫。而一个普通人，最可贵的地方，就是用勤劳和朴素结出的食粮，把家人安放。是的，我们这些正经历中年的人，不能每天泡杯枸杞茶水，只顾着休闲和养生，我们要继续追逐梦想，把家人安放，让家人心安。

多少人都在 2020 年患上了焦虑症。疫情防控期间，家住湖北的周先生，能吃能喝，体温一直正常，却每天反复量体温。平时内向的他，还变得精神亢奋。一天晚上泡脚后，体温上升了一点，竟在家崩溃大哭。父亲抱着他说："儿啊，我不担心你得肺炎，就怕你精神出了问题！"。单田芳评书《贺龙传奇》中讲到，有一次贺龙被抓押赴刑场时，万念俱灰，可是又奇迹般地被救了。过后他体会到，世间的事情就是这样，有时候觉得天要塌下来，难关怎么都过不去时，其实困难并没有想象中那么严重。

梁宏达在讲解《增广贤文》时说，人生不满百，常怀千岁忧。人的一生连百岁都难以活到，却经常怀有千年的忧患。焦虑对于人身体的损害比酒色对身体的损害更大。其实，生活中的焦虑多是"空焦虑"或"焦虑空"，与其焦虑，不如行动，放宽心态，少跟别人比，多和自己比，只要今天的你比昨天的你有一点进步，多攒点钱了，多干件正事了，生活质量比过去高一点了，你就应该满足，进而以此为标准来要求自己，这才是解决焦虑症的根本方法。人生求"富贵"很难吗？我的表弟崔博如此看待"富贵"：富，就是心中无缺。每月几千块工资，你觉得够花，即为富。身价上亿，总觉得钱没赚够，亦为贫。贵，就是能被人所需求。居庙堂之高而趋炎附势、摇尾乞怜并非"贵"；处江湖之远而扶危救困，能帮助到别人是为"贵"。

2020 年还有很多美好的回忆，比如有一天下午的彩虹刷爆了东营人的朋友圈。引用最多的一句话是，不经历风雨，怎么见彩虹。其实，彩虹是因为阳光射到空中接近球形的小水滴，造成色散及反射而成。总共要经过一次反射两次折射。所以，应该是，不经历波折，怎么见彩虹。那一天，正是 2020 年山东高考公布成绩的日子，几家欢乐几家忧。人生没有常胜将军，更没有常败将军，谁的人生不是经历几次反射和折射，才会迸发出七彩的光华?!

2021 年，愿你心安如水，气势如虹，人生一路开挂下去!

2021 年，也愿你步伐铿锵，整齐划一，和我们一起去创造这个美丽的人间。

（写于 2020 年 12 月 31 日）

过去已去，未来已来

这是 2021 年的最后一天，我在山东东营，问候全世界各地的朋友们。在我们各自的生命中，2021 这个数字、这个年份以及这一年的所见所闻所感，都将成为回忆。四季轮回，时间永不停息，过去已去，未来已来。

这一年，病毒不断变异，科技也不断强大，我们的疫苗从第一针打到第三针，在接种的那一瞬间，我在感恩祖国的强大，我在庆幸我是一个生活在中国土地上的中国人。这在一百年前，真是不可想象的事情。生而逢其时，祖国的强大，来之不易。

这一年，世界风云变幻，新闻层出不穷。娱乐圈的瓜越来越大，多少明星人设坍塌。这些一次又一次提醒我们，保持自己的独立思考，不要让自己头脑成为别人思想的跑马场，不要盲目地去崇拜任何人！

这一年，互联网大厂都在裁员，抖音却一家独大。晚 9 点以后，微信群里几乎没有人说话了。越来越多的名人涌进抖音直播卖货，一时间，大家都在卖"东海小黄鱼"！其实，自媒体时代最大的意义在于，每个人都可以发声。聚沙成塔，任何一个微弱的声音，都会被发现。公平和正义，道德和法律，始终是网络的底线。

这一年，善恶有报，正义犹在。劳荣枝被判死刑，"梅姨案"主犯被判死刑，重庆张波、叶诚尘共谋把两个孩子扔下 15 楼同获死刑，这些人挑战法律和道德的底线，这个世界容不得这些人的生命继续。

在这些人道德沦丧的背后，都有一个原生的家庭。他（她）们是怎么变成这个样子的，都可以从原生家庭教育中找到答案。

教育是关乎未来的一个大问题。2021 年，我们国家在教育方面不断推出新举措，双减之后又双增，但是教育的内卷却是有增无减，多少中学生家长天天处于焦虑之中，2022 年考研人数高达 457 万，意味着有近乎一半的 2022 届本科毕业生都冲进考研大军之中，如此形势，令家长们怎能不焦虑？

这一年，我去了浙江的千岛湖，也去了杭州，在西湖边观看了大型实景演出《最忆是杭州》。"山外青山楼外楼，西湖歌舞几时休？暖风熏得游人醉，直把杭州作汴州。"在杭州期间，我时常会想起这句诗，也许正是这座城市曾经悲情的历史造就了今日的辉煌，阿里巴巴、网红聚集地，当然也有一个林生斌，让网友们闹心了好一阵子。

这一年，许多人失业，许多人离婚，许多人离世。如果站在云端看这一切，人生除了生死，都是小事。也许是提前看透了这一切，我对林子贺说，珍惜咱们爷俩的每一次相聚吧，因为这一生，聚一次，少一次。我抱着一岁的女儿林芊言跳舞，她喜欢紧紧地贴着我的肩膀，仿佛这是一面可以为她遮风挡雨的墙。

我始终认为，生儿育女是我们来到这个世界上做得最有意义的事情。他（她）们传承了我们的基因，最终都会成为社会有用之人。还有一点就是，当我们不在这个世界上的时候，他（她）每想我们一次，就等于我们又在这个世界闪现一次。

不过，科技的发展，已经无须指望这个了。据说，马斯克发明创造的"脑机接口"在2022年会应用到人类身上，芯片可以植入大脑，可以存下世界上所有图书馆里所有图书里的知识，学习会变成一件很简单的事情，人的意识也会永存于电脑之中。

未来已来。一切皆有可能，只是我们没有做到，而科技做到了。这件事情不知道怎么发展演变，结果是好是坏，至少给我们一个启示，不要低估科技的力量，不要小看未来的样子。

正因为如此，我才劝你活在希望中，任何灾难都会过去，每一个孩子都会长大。树大自然直，儿孙自有儿孙福。与其焦虑，不如放下。与其抱怨，不如平静。

平静是一种伟大的力量。在经历了沧海桑田之后，能平静地看待财富、地位、金钱和权力，能平静地面对一切悲喜，平静地面对死亡，才是人生修为的至高境界。

这篇文章从昨天写到今天，原本想放弃了，但是看到刘原先生写纪念他的母亲的《辛丑年，我流完了一生的泪》，我又抬起笔，把此文写完，想说，一年流完一生的泪，为时尚早。人活着，就是不断地感受，感受绝望，更感受希望。我们生在一个伟大的时代，无论你暂时身处何种困境，都不要轻言放弃。

此时，我的第二故乡西安正在经历着疫情的考验，作为曾经的西安学子，我在这里祈福西安平安，祈福我的母校西北大学平安。

未来已来，希望不灭。愿正在苦读的你，咬咬牙坚持下去，愿正在为生活奔波的你，打起精神扛下去，至少我们还活着，还健康，还能一起迈进新的一年。

你好，2022，我来了！我们来了！

（写于 2021 年 12 月 31 日）

重游蒲松龄故居有感

2012年3月24日，我到淄川重游蒲松龄故居。记得写《岁月有痕——我的心灵自传》第175节时，我曾从网上下载了15页有关蒲松龄的资料，但是这次故地重游，才真让我觉得：读万卷书不如行万里路，纸上得来终觉浅。

大家知道《聊斋志异》最早是怎么流传的吗？是靠手抄本。蒲老生前没钱出书。那时出书，成本极高，这是当时穷困潦倒的蒲老难以做到的，所以基本靠亲朋好友传抄。一部伟大的作品总是有其雄厚的生命力的，《聊斋志异》在他去世51年后得以印刷出版，并陆续被20多个国家翻译出版，流传极广，影响深远，所以他被称为"世界短篇小说之王"。这些"死后殊荣"是蒲老生前所想不到的。从其故居展出的一本本作品里，我们看到的是他骨子里的顽强不屈的精神，一种"逆境思奋"的坚持，他一生清贫，寄人篱下，但却笔耕不辍，70岁才"撤帐归来"，直至76岁"倚窗危坐而亡"。

有一门学问，叫蒲学。有一本专门研究蒲学的刊物，叫《蒲松龄研究》。这是一份季刊，由蒲松龄研究所主办，创刊于1986年，到现在为止，依然在出版。可见，对蒲学的研究经久不衰。在蒲松龄故居，我们到了一个展室，里面全是当代书法家、画家的题诗和画，我看了简直惊叹之极！可是，导游却说，你们现在看到的只是很少的一部分，总共有1800多幅，我们每天轮换展出。如此看来，这么令后人仰慕的伟大文学家，难道不值得我们走进他的文字，走进他的内心世界吗？所以，从蒲松龄故居回来后，我开始品读《聊斋》。其实，对于《聊斋》，很多人都有一种误解，那就是认为它只是讲神仙鬼怪的，我以前也这么认为，但是细读这部作品，你会发现，神仙鬼怪的故事只占了其中三分之一的篇幅，更多的文章是讲世态人情或人生哲理。从《青梅》到《罗刹海市》，从《续黄粱》到《田七郎》，故事里融入了作者对社会、人生以及爱情的思考。我特别喜欢读故事最后的评论"异史氏曰"段落，这个"异史氏"就是蒲松龄本人，他的评论犀利而独到，读后让人唏嘘不已。

在聊斋里面，最有名的是王士祯对《聊斋志异》的点评诗。在蒲松龄故居的很多角落都能看到这首诗，因为很多后世的书法家都抄写了这首诗留念。我很想看到王士祯亲笔题写的这首诗，但未能如愿。仔细品味这首诗，觉得王士祯不愧是"大家"——"姑妄言之姑听之，豆棚瓜架雨如丝。料应厌作人间语，爱听秋坟鬼唱时"。它写出了一种意境，点出了《聊斋志异》的魂。怪不得这首诗成了王士祯的代表作，比蒲老的两个朋友作的序都出名。王士祯是淄博桓台人，桓台离东营不过百里。我突然觉得离两位大师这么近，非常荣幸。这种崇拜类似于早些年我对崔健的崇拜。桓台有个王渔洋纪念馆。王渔洋就是王士祯。但是他死后不如蒲老有名。为什么呢？因为他生前显赫，博得了功名，他没有蒲老那种独特的人生体验。而蒲老一生潦倒，老天百般折磨他，但却很公平，给了你显赫一时，就不给你流芳百世。

还有，我一直不明白蒲老这么有才，为什么7次乡试不中？这次重游，找到了答案。前几次不中的原因，在他的好友江苏宝应县知县孙蕙写给他的信中可以得知。信中说，你这个人吧，写小说写诗堪称一流，写八股公文可能就不行了。所以啊，你要从八股文上多下下功夫。蒲老不以为然，有点孤傲，结果屡试不中。到48岁那年，他第6次参加乡试。本来省里考官定他为第一名了。可你猜怎么着？他却因"越幅"被黜。"越幅"就是他的卷子中间有张空白纸。蒲老没看到这张，直接写下页了。而这是古代考试中的"严重违规"，被认为是作弊，所以他落榜了。第7次考试，他51岁，第一场下来，很顺利，胜利在望。但是第二场时，他却突然生病了，无法参加考试！所以蒲老仰天长叹："非战不利，乃天亡我也！"

蒲老的才华在他仙逝后才被世人所发现，他的子孙们继承了他的衣钵。进了蒲家庄，首先看到的是蒲松龄第12代孙的住宅，虽然房子破旧，但是书香门第的格调还在，不远处就是其第13代孙的住宅，有个老者正在屋里写毛笔字……我看那个毛笔字写得真是隽逸啊，简直和文友山河判断兄弟有一拼，比南通老猫兄写的还略差点儿。我问多少钱一幅？答曰：200。我犹豫了一下，还是没买。鉴于对蒲老的崇拜，我买了本《白话聊斋》，并给儿子买了一套我儿时看过的《聊斋志异》小人书。

儿子最感兴趣的还是聊斋宫，里面的人物是依据《席方平》和《罗刹海市》等故事塑造的，让游者走进了"阴曹地府"，也走进了"东海龙宫"。从里面走一遭，让人感到无论是阳间还是传说中的"阴间"，总有一种力量在维系，这种力量就叫作正义。从聊斋宫走出来时，正值春阳暖照，春风拂面，令人不禁感叹：活着真好，被正义的阳光普照真好！

从蒲松龄故居回来后，我试图从文字中走进蒲老的内心世界，也坚持每天晚上给儿子讲聊斋故事。聊斋故事的确有"催眠"作用，每个故事讲到一半，儿子就"呼呼"入睡了……但是，漫漫长夜，世态人情，我心中的《聊斋》，才刚刚开始。

（写于 2012 年 3 月 28 日）

印象海南

一

人生有很多无法预知的旅行。前天晚上，子贺临睡前依然听着大白老师朗诵的《岁月有痕》有声小说入睡，我悄悄地告诉他，爸爸明天此刻要在很远很远的海南了，他只是"嗯"了一声，因为我无法带他一起出行。漆黑的卧室里响起有声小说的配乐《潇洒走一回》——天地悠悠过客匆匆，潮起又潮落，岁月不知人间多少的忧伤，何不潇洒走一回……

当昨天中午踏上行程时，我想起的是"轨迹"这个词儿，大多数的人依然在原来的生活轨迹中进行，而我已经跳出这个轨迹，开始一场全新的旅行。海南对我来说，是一个完全陌生的地方。因为陌生，所以充满了好奇，当飞机从济南遥墙国际机场起飞时，我的心也跟着飞了起来。

飞机在空中时而平稳，时而颠簸，机舱里灯光时明时暗，灯光暗时，舱里非常寂静，我在万米以上高空，想象着底下应该是琼州海峡，心中在默默祈祷着"平安"。飞机在海口上空盘旋时，透过窗口，终于看到了车水马龙、万家灯火的不夜城。终于可以说一声：海南，我来了!

二

落地开机,是一部电视剧的名字,也是我们此刻的心情,下了飞机,忙着开机拍照,因为在飞机上的 5 个小时已经读完了机上所有的杂志和《参考消息》,还有一份《海南日报》,说海南被国家命名为国际旅游岛,即将迎来新的 30 年的大发展。这股热浪,如同地面的空气,扑面而来。海口的美兰机场不算太大,但是游客如织,墙上几乎都是海南地产的广告,响亮而震撼:"一座海南岛,不过山海天"。还有一句是,"下飞机,就要跳入大海"!看了就让人怦然心动。出了机场,更觉得热,还好此时的海口飘起了小雨,我们坐上大巴,空调开放,我开始在雨中观赏这座陌生的城市。

海南的地接导游是康泰旅行社的宋阳女士,她让我们叫她阿阳。带队的东营利丰国旅的陶红梅老师说,旅游是从自己待腻的城市到别人待腻的城市,而阿阳却是 10 年前从哈尔滨到这里旅游,然后留在这里,当起导游,结婚,买房,并把父母都接了过来。她在晚上 11 点左右拿起话筒登场,为我们介绍海南概况,把大家的热情再度点燃,仿佛旅行从此刻才刚刚开始。

三

晚上看海口,感觉是个宾馆林立的城市,既有全国连锁的酒店,也有海南特色的酒店，比如"椰梦酒店"。海口的道路很宽，更宽的是中间的隔离带，阿阳夸张地说，有的隔离带比马路都宽。白天看时，这个城市有点旧，有的高楼上挂着"扶贫"的口号。的确，一座以旅游为主业的城市，经济一般都是欠发达的，云南如此，海南亦如此。

海口我们来不及细看，第二天一早就奔赴博鳌。路上我们上了个厕所，结果发现是个巨大的超市，需要转一圈才能出来，看来海南人把旅游资源开发到了极致。

博鳌是亚洲经济论坛的永久会址，源于它的地理风水好。它是万泉河、龙滚河、九曲江三江汇流之地，也是"财源广进达三江"的历史典故的出处。传说鳌是原来南海龙王之女生下的一个怪胎，千百年来也没有出名，这里原先只是一个几千人口的小镇，近年来它的发展还是源于一个有眼光的商人蒋晓松，投资开发才使这个地方独占鳌头。

因为有船，我们先乘船到三江汇合的玉带滩，玉带滩一边是河，一边是南海。这是我抵海南后第一次和大海的亲密接触，却让我觉得尴尬。我买了双拖鞋，发现穿鞋也不适，光脚也不适。这里的沙子很粗，还有些蛤蜊皮，温度在40℃以上，脚底像"享受"一种酷刑，而穿上拖鞋，沙子进鞋后更磨脚，这种矛盾不禁让我怀念起东营黄河路最东端近海挖蛤蜊的地方，那里光脚前行，比这儿舒服多了。在玉带滩海边，层层的浪把我的裤子打湿，也算是"湿身"一把，我看着全国各地的游客汇聚于此，心想"百闻不如一见"，玉带滩不过如此，我费了半天劲才把脚上的沙子晒干清理掉，穿上旅游鞋，真心感觉到

"穿鞋就是比光脚好"。

四

在玉带滩上，有很多抱着大乌龟的当地农妇，劝游客抱着乌龟照相，一次才5元钱。我觉得大乌龟实在干净可爱，就消费了5元，农妇让我抱着照、扛着肩膀照、顶在头上照，还告诉我这样会"升官发财"。博鳌的别墅都是棺材样式的，也预示着"升官发财"。游船上的导游告诉大家左手招财，教大家挥舞左手，一起学招财猫的动作，这个场面很滑稽。

进入博鳌论坛景点的时刻，听到了许巍的《曾经的你》，想想这首歌很适合这里，"每一次难过的时候，就独自看一看大海"。这里正在搞一个摩托展，所以请了4位中外模特，美女似乎是海南应有之义，所以有很多团友远远地和模特合影，而且是免费的。但是接下来的一些项目，就没有这样纯免费的事情了。免费的下一章一定是收费。比如，你下船时，会有人给你拍个照，回来时会给你塑封好，要的话10元一张。比如，博鳌亚洲会址门票里含在主席台免费拍照，他们会给你一个很漂亮的7寸相框，如果要的话再收35元。如果要免费的，他会给你一张3寸的打印照。这个场景很有意思，一边播放着博鳌亚洲经济论坛的录像，一边是游客们在交不交35元间的思想斗争。其实，博鳌经济论坛此时已经很形象地告诉你，要抓住所有可能的机会，发展经济！

五

旅游车一路南下，离开博鳌时，竟然没有几丝留恋，毕竟作为凡人，来这里开会的机会极少。中途吃的此行第一顿午餐号称"椰子宴"，我已经记不起来吃的啥了，导游阿阳很诚实，提前告诉我们这顿饭不一定合大家口味。到了吃团餐的地方，犹如到了农村合作社的大食堂，菜永远是不够的，米饭是管饱的，大家都饿了，阿阳不停地喊加菜，服务员给每人斟满一杯椰子汁，过了一会儿突然过来收钱，每杯2元，大家很诧异，既然是椰子宴，椰子汁为何另收钱？阿阳和陶导知道后，觉得大家受了委屈，硬是把钱退给了大家。这个小小的细节，可以看出旅行社导游尽力维护团员利益，力求让大家满意的工作态度，很让人感动。

真正好喝的椰汁还是下午到了兴隆热带植物园里喝的泰国小金椰，它的个头比普通椰子小一些，金色的表皮，据说每年只有10月到12月才能喝到，插上吸管从椰子里直饮椰汁的方式还是我头次尝试，真正的原生态，椰汁略有甜味，口感棒极了。园里的热带植物有1200多种，导游介绍了很多，我只记住了咖啡树、可可和胡椒，以后喝咖啡时，会记起它原材料的样子。这里还是一个国家热带植物研究基地，园子里飘散着一种糯米香味，不知是科学家们研究开发的什么新品种。

晚上住在兴隆小镇，这可是个旅游重镇，也是个华侨经济区，五星级酒店就有十几个，我们居住的只是一家普通度假酒店，但这里就像一个景区，景色比热带植物园还好，依山而建，有湖、有树、有泳池、还有温泉，兴隆的温泉号称"世界少有，海南无双"，客房在一栋栋的别墅里，温泉能直供房间。晚餐很丰盛，导游想得很周到，除了给大家准备了当地的特色酒和青岛啤酒，还把从东营带上的大蒜拿给大家享用，大家饱餐畅饮一番，席间还有一位当地的女歌手弹着吉他献唱，客人也可以点歌，歌助酒兴，在这个远离家乡的陌生山庄里，大家忘了今夕何夕，心情好到极致。

六

从地图上看，三亚在海南的最南端，占据了天时地利人和，就连鉴真东渡时遇上台风，都能漂泊到这里。阿阳说，很多明星都在三亚买房，不在三亚买房的明星才不正常。这话虽有些夸张，但也说明了这里寸土寸金。

我们到达三亚之前先来到离三亚很近的陵水县的分界洲岛。其实我们一直奔波在岛上，只是海南岛太大，一直没觉得自己是在岛上。乘船来到这里，岛上的导游首先推荐的是潜水和水上的各种游乐的项目，而我看中了这里的沙滩，沙子白而细腻，比玉带滩要好很多。我在沙滩旁找了块石头，看着蓝天、碧海、白沙，想象中的海南就应该是这个样子吧！岛上有一座栈桥，顶端是乘坐水下潜艇的地方，这个地方又让我想起了家乡东营，东营的孤岛海堤，气势绵长，碧波拍岸，不亚于这里。像我这样的游客应该是这个岛最不喜欢的游客，没有参与任何花钱的项目，就像进沙滩时，我问门口的保安，逛沙滩不要钱吧？保安都乐了。

很多地方一生只来一次足矣，但是这里适合以后找个时间，静静地住上几天。旅游不是马不停蹄，而是走走停停，至少让身心休憩一下。同行的团员有的潜了水、有的坐了水下游艇、有的看了海豚、海狮表演，乘船回去时，在他们的讲述中感受了一把，我只是拍了一些照片，留作回忆，再就是在沙滩上码了 1000 字的文章，自得其乐也。

七

离开分界洲岛，我们直奔三亚亚龙湾热带天堂森林公园，这里是离三亚市区最近的天然氧吧。来到这里让我想起了下飞机时看到的广告词："一座海南岛，不过山海天"，这是三亚新开发的景点，因为冯小刚的《非诚勿扰2》在此选景而出名。我总觉得冯导做演员比做导演要优秀，当问起团里其他人《非诚勿扰2》什么剧情时，大家都答不上来。我查了百度才知道，冯导很讲究，选了很多地方才把主人公的婚房定在这里，而且花了两个月时间扩建。这里已经打造成"鸟巢度假村"，有了 140 余幢别墅，房子像鸟巢一样，桩子打在岩石上，依树而建，坐山面海，远离尘嚣，外表天然质朴，内里却十分奢华，这算是浪漫的最高境界吧！

来这里主要是乘坐电瓶车到山顶看海，我是个懒人，一见到电瓶车就觉得很亲，而且在这里坐着电瓶车沿着弯曲陡峭的山路上山，非常舒服，陶导还教我们遇到迎面而来的车时，要一起喊"吆嗷"！起初没在意，直到被一辆对面而来的车上游客响亮的"吆嗷"声吓到时，才知这是这里约定俗成的规矩，我们也开始"吆嗷"起来，只是有辆车乘载的都是老年人，我们吆喝时，他们表情木然，没有任何表情和反应，弄得我们一车人很尴尬。

到山顶吃完自助餐后开始游览，我发现来这里的情侣特别多，有来拍婚纱照的，有携手一起来游玩的，也有的去鸟巢里面度假的，这里是三亚的婚纱摄影基地，那些拍婚纱的新人们被摄影师要求摆出各种POSE，他们俨然成了游客眼里的风景。爱情让他们对未来充满憧憬，作为一个过来人，我被他们脸上疲惫而努力绽放的笑容所触动。

阿阳在山顶给我们介绍亚龙湾，远远望去，碧海蓝天，海天一色，她说原来亚龙湾的沙滩最美，但随着房地产开发，占用了沙滩面积，失去了原有的样子。阿阳还给我们指着远处的一片海景房介绍说，这个楼盘叫凤凰岛，房价已经炒到每平方米30万元以上，令我们唏嘘不已。真是不来三亚不知道有钱人真多。

我登上山顶最高的亭子，亭子叫沧海楼，有三层楼高，是这里的制高点，凭海临风，有种"一览众山小"的感觉，正陶醉着，突然接到陶导电话，说我掉队了，她们正在一个叫"北纬18度"的地方等我，我飞奔下亭子，急匆匆下山而去。

八

我在北纬18度纪念碑找到了队伍，发现大家纷纷在这里拍照。北纬18°是一个神奇的数字，据说墨西哥城、加尔各答、夏威夷都在北纬18°线上，海南南端三亚也在北纬18°线上，所以北纬18°被称为旅游度假的黄金纬度。

北纬18度居然还适合玫瑰花的生长，接下来我们去的一个地方叫亚龙湾国际玫瑰谷，导游说这是政府支持的项目，而我走到这里时已经累了，真不想进去了，幸亏导游说里面有电瓶车。可能是季节不对，园里盛开的玫瑰并不多，我只是记住了这块地是一个富豪送给他妻子的礼物，他的妻子把这块地经营得有声有色，和当地农民合作，由种农作物改种玫瑰，出口到世界各地，成为很多国际知名品牌化妆品的原材料，很多国家领导人都到过这里考察。

电瓶车并没有把我们拉多远，我们就被送进一个卖化妆品的大型超市，里面有各色玫瑰制品、肥皂和精油，我去过七彩云南，不喜欢这种"体验+购物"的地方，出去接电话的工夫，就看到同行的人提着一兜兜的玫瑰肥皂和精油出来了，这让我想起了自己以前的样子，走到哪里都是买买买，40岁以后好像"成熟"了，很少有什么产品能打动我了。"旅游观光，把钱花光"，我准备"挺"到最后一刻，呵呵。这是到三亚的第一天，真正打动我的好戏，要等到晚上才开演。

九

写这节时，我已经从海南归来3天了，有一幕场景难以忘却，那就是到三亚第一晚观看的《三亚千古情》演出。就像到阳朔不看《印象刘三姐》不算来阳朔一样，来三亚，这是一场必看的演出。

阿阳给我们介绍说，"千古情"是宋城演艺公司打造的旅游演艺品牌。总导演是黄巧灵，已经有《宋城千古情》《三亚千古情》《丽江千古情》《九寨千古情》《泰山千古情》等千古情系列上演，每一个节目都是一个城市的文化传奇。

我们晚上 7 点多抵达这里时，发现白天旅游景点的人几乎都来这里了，每晚演出两场，每场一小时。这里实际是一个三亚千古情景区，集吃喝游玩看演出于一体，有南海女神广场、图腾大道、崖州古城、爱情谷、科技游乐馆、黎村、苗寨、清明上河图、戏水区、小吃广场、宋城六间房广场、鬼蜮惊魂等数十个主题区。我跟着人流前行，仿佛到了宋朝的古城，居然发现了"月老祠"，第一次见识月老长啥样。在妈祖庙前，一帮身穿宋代服装的衙役们激扬地跳着现代舞，吸引了大家的眼球，几乎所有人都把手机举过头顶拍摄，而当我挤到前面时，那些跳舞的衙役已经沿街前行了，我们被引到一个露天广场，黎族的 DJ 带领游客们跳起拉手舞，我被这种欢乐的气氛感染，打开手机映客直播，与我的朋友们分享这一欢乐的时刻。

然而，这些仅仅是前奏，我们坐进剧场，演出于晚 8 点正式开始。这是一场令人惊叹的演出，它立足于三亚长达一万年的恢弘历史长卷，看似平常的舞台变幻万千，令人目眩神迷。演出由《序·落笔洞》《鹿回头》《洗夫人》《海上丝路》《鉴真东渡》以及尾声《美丽三亚》组成，一幕幕如梦如幻，既有落笔洞的万年回声，也有巾帼英雄洗夫人的荡气回肠，既有海上丝路的异域风情，又能感受到鉴真东渡时的惊涛骇浪。

通过这场视觉盛宴，我们了解了很多关于三亚的人文历史和美丽传说——三亚自古就是一片十分适合人类栖息、繁衍的乐土。早在一万年前，断发文身的先民们就在三亚大地上创造出灿烂的史前文明——"落笔洞文化"。"最爱凤凰临宝地，三亚难舍鹿回头。"鹿回头就是其中一个美丽的爱情故事，男主角叫阿黑哥，是位打虎英雄，他刚被众人抬出场时，我还以为是武松呢！

冼夫人是中国巾帼英雄第一人，也是海南人民心中的女神，她建立了三亚历史上的第一个政治机构——崖州，使孤悬海外 600 年的海南岛回到祖国的怀抱。这座大剧院正是建在当年冼夫人的封地之上。三亚港在宋代已成为"海上丝绸之路"的中转站，中国的瓷器从这里运往海外，来自印度洋、波斯湾的香料也在这里汇集，因此这里也被称为"香瓷古道"。

话说大唐年间，有两个相隔 120 年的僧人很传奇。他们一个向西、一个向东。向西的和尚远涉万里去天竺取经，向东的和尚远渡重洋到扶桑传教。向西的就是玄奘和尚，向东的则是鉴真和尚。玄奘的事迹被后人演绎为家喻户晓的《西游记》，而鉴真的"东游记"大多不为人熟知，尤其是鉴真的"三亚游"则更是鲜为人知。唐天宝年间，高僧鉴真为了弘扬佛法第五次东渡扶桑，在海上遭遇飓风，漂流至三亚，与这片热土结缘，鉴真在三亚滞留一年有余，修建大云寺，在当地传播中原文化和农耕技术，深得当地黎族、苗族等各民族百姓的爱戴。但他一刻也没有忘记自己的使命。753年，他又一次踏上了艰辛的旅程，最终抵达日本。

这场演出最经典之处是结尾400平方米的巨型悬空透明膜从天而降，4000多位观众伸手与头上的比基尼美女互动……的确是千古情穿越古今，历史不是买来的，美景也不是买来的。三亚，名不虚传。

<h1 style="text-align:center">十</h1>

这一节迟迟未能动笔，沉寂了几天，因为东营发生了一件震惊社会的案件，把我从对海南的回忆中拽回到现实中。在三亚第二天的行程主要是三亚南山海上观音、大小洞天和天涯海角景区。在回忆南山海上观音时，我时常会想起导游阿阳在车上说的一句话，她说她平时是很注意积福报的人，微信朋友圈里只要有求助信息，不管真假，她都要捐一些钱。平时积德行善，一定会有福报。

阿阳的微信头像就是和三亚南山海上观音的合影，我还说她不该和佛合影。当我站在这座观音下面时，真的感觉到了震撼。这是一座三面观音，高108米，比美国自由女神像还要高。这座塑像的确很难超越，一是她地处海南岛最南端的海里，《西游记》里观音菩萨常说的一句话是，我自南海而来……再者，她有三面，分别代表"慈悲""智慧"和"和平"，我们只能看到她的一面，她面容慈善，非常精致，尤其是那双眼睛，栩栩如生，仿佛能看穿你的内心。

很多人排长队等电梯去抱佛脚，我们没有耐心等待，"临时抱佛脚"毕竟不是成功的真谛。我们匆匆赶去素食斋吃斋饭，这是一个大食堂，自助餐，有米饭、青菜和我喜欢吃的豆腐，我突然发现对面团友盘子里有火腿肠，很惊讶，他笑着说，这是假的。呵呵，真正的素餐是没有这样的东西的。

这个景区里有很多景点，大部分含在门票里面，但是有一个景点是需要收费的，就是观音阁，因为里面供奉着"金世玉观音"。金佛总高 3.8 米，由观音金身、佛光、千叶宝莲、紫檀须弥底座四部分组成。共动用黄金 100 多千克、南非钻石 400 粒、翠玉 100 多千克、红蓝宝石、祖母绿、珊瑚、松石、珍珠等奇珍异宝数千粒。评估价值为人民币 1.92 亿元。

但是，经营这座佛像的皇族公司却遭遇了官司，佛像因诉讼两度转手。这是我后来查资料才知道的，我向来对收费的寺院内心怀有抵触情绪，人家成都的文殊院不收门票，门口还有免费的实习生导游，香火旺盛。不过，我还是花了 20 元门票进去看了究竟，里面的金玉观音周围满墙都是各地信客供奉的金佛，在这里能找到很多名人的名字，阿阳给我们讲了香港著名富豪李兆基拜金玉观音求得孙子的故事，我当笑话听了，世间万事，既有偶然，也有必然，人们常说，抬头三尺有神灵，在我看来，人们内心的道德和良心法则才是真正的神灵。

十一

我们的行程如天马行空，从佛教圣地直奔道教圣地大小洞天，其实这都属于南山景区，中国有很多地方都有南山，这里才是中国最南的南山。老天真是给了三亚很多眷顾，这些都是海边的自然景观。不过，看什么看多了，都会有审美疲劳，比如到了大小洞天，吸引我更多的不是崖州湾的弧弦百里，碧波万顷，而是见到了真正的"南山不老松"——龙血树。寿比南山不老松，这句话再熟悉不过了，原来出处在这里。阿阳给我们介绍说，这种树在白垩纪恐龙时代就已出现，被称为植物中的活化石，此树种已濒临绝迹，但在三亚南山一带却生长着 3 万株之多，主要集中在大小洞天旅游区，树龄逾千年的有 2000 多株，最长的有 6000 年以上。真是好山配好树，这树也有灵性。

南山不老松可不是普通的松树，不老松的学名叫"龙血树"，它的名字也是实至名归，因为当树受到损伤时，它会流出深红色的像血浆一样的黏液，所以就因此命名了。它的"血液"是十分宝贵的药材，在防腐和医学上都很有用。

这里既然叫大小洞天，应该是有大洞天和小洞天。小洞天实际上是海边一块大岩石，石头下有个洞，穿过去，就如同穿防空洞一样。本以为到东边的海岸线能看到南山寺景区的南海观音，根本看不到，两个景区之间相隔不远，但是海岸线是一个个的海湾，被挡住了。很多人问导游，大洞天在哪？阿阳解释说，大洞天就是指整个景区，在道教文化里，大洞天就是佛教里的西天极乐世界。

这里有陈抟老祖书写的寿字，高 2.15 米，由"人""寿""年""丰"四字构成。很多人都跑去合影，导游讲述时，我没注意听讲，错过了这一景观。

大小洞天自古以来就是道家钟爱的地方，洞天福地，背依南山，有很多传说，鉴真漂流到三亚，也是从此处登陆。我不相信有什么神仙，但却觉得这里是一个适合居住养老的地方，"神仙"都喜欢，何况凡人？海南人口寿命最高，三亚人口寿命又居海南之首，南山又是三亚之最，86岁以上老人有几百人之多。这让我想起了广西的长寿之乡巴马，山清水秀又无工厂污染，怎能不长寿？想想国内很多地方，为发展经济，不注重环境保护，产生了"癌症村"，以牺牲人的生命为代价赚来的钱是何等肮脏！

景区有一处灯塔，灯塔是海上的明灯，想想深夜的漫漫大海里，看到灯塔的光亮，心里该有多么温暖啊！不知当年鉴真漂流至此，是否也是靠灯塔所引？这也是很多新人拍照的好地方，我在想，如果夜晚能坐在这里，听海风，看灯塔，应该别有一番韵味吧！

十二

旅游和旅行的区别在于，旅游是走马观花，旅行是走走停停，有时间让心灵休憩和放松。这一天，我们抵达天涯海角风景区时，已经是下午4点钟，疲惫和劳累真让我有种"沦落天涯"的感觉了。

然而，到了景区，这里却是人流如潮，毕竟这是海南最早开发也是最著名的景观。我相信大部分人是冲着看"天涯海角"那四个字而来的，而这四个字对于我们东营人并不陌生，东营有个天鹅湖景区，里面就有两块大石头，一块刻有天涯，一块刻有海角，我心想，这回要见到真的"天涯海角"了。

景区正门里面有一副对联，是郭沫若所题，上联有一个字大家都不认识，大家以为我识字多，我也没看出来，阿阳说她百度过，也没查出来，我发了朋友圈，马上就有好友给出答案，"海角尚非尖，天涯更有天"，那是一个"非"字，我对郭沫若了解不多，也没去深究这副对联什么意思。

从离开玉带滩以后，我就一直穿着旅游鞋在沙滩上走，我们乘坐电瓶车到了一个位置后，开始自由行动，阿阳特别叮嘱说，找到天涯那块石头可以合影，海角那块石头就别找了，也别合影，因为不吉利。后来查资料才知道，海角石也并非不吉利，它被称为"幸运石"，1938 年 11 月，指挥海南岛抗战的最高军事和行政长官——琼崖守备司令王毅在天涯海角的这块临崖绝壁上题写了"海角"二字，意欲与日本侵略者背水一战、绝处逢生。经过艰苦的抗战，王毅作为海南岛的受降将军接受了日军的投降。从此，"海角"石被称为"幸运"石。

到天涯海角景区就是来看石头和石刻的，我首先找到的是"南天一柱"石，又称"财富石"。它被印在第四套人民币二元面值纸币的背面，因而天下闻名。我见到它时，略感失望，因为东营天鹅湖也有"南天一柱"石，比这个高大气派多了。但，这里才是真迹。

中途还看到了"海判南天"石刻，据说是清康熙五十三年（1714年），三位钦天监钦差奉康熙皇帝谕旨在此题刻，作为中国疆域的天地分界处。"海判南天"的意思是:"南海"在"海判南天"处分为"天南海北"。在此石刻的东南面,还有另外一块剖石,代表三亚冬至日的正午太阳高度。而"海判南天"石刻则指示这里的北极高度。

当我走到天涯石刻面前,人们纷纷在石刻前拍照,我找了块石头坐下来,看着这样热闹的景象,竟然思绪万千。这是一个矛盾的地方,天涯石被称为"平安石",它四平八稳,雄峙南海之巅,经历着风雨和海浪的考验,它依然坚如磐石,笑傲于蓝天白云之下。相传它是南海上亿年的"石祖",被派镇守南海,祈求南海风平浪静,保佑众生四季平安。

它旁边有块"进步石",由上百块形态各异的巨大石头垒叠在一起,层次分明,自下往上排列,循序渐进。清雍正十一年(1733年)崖州七品知州程哲题刻"天涯"二字后,登上"进步石",不久即官位连升三级。

但是在更早的唐宋年间,这里却是流放犯人的地方。那时候,这里交通闭塞,人烟稀少,常年干旱,天气酷热。唐宋两朝,许多被流放至此的人由于路途艰难,初到伊始,人地生疏、水土不服,加之情绪低落、悲观失望,极少有生还回归中原的。他们个个无不怀着走天涯、下海角的愁绪。"天涯海角"在他们看来,不仅仅是指地球的尽头,而且还以为是人生末日的到来。流放至此的唐朝两度宰相李德裕称之为"鬼门关"。他在诗中写道:"一去一万里,千去千不还。崖州在何处,生度鬼门关。"

人生总是有上坡就有下坡，有时候峰巅之处就是悬崖。进步也好，流放也罢，到了这里，我仿佛能感受到古人那种复杂的情绪，我在朋友圈里发了张很沧桑的照片，戴着草帽，一脸凝重，站在天涯石刻前，在我想象中，"浪迹天涯"应该是这个样子，可笑的是，很多朋友留言说，还不够落魄，再背把剑就好了！

我想我的一生，能来天涯海角的机会并不多，导游催我时，我从静思中醒来，去摸了一把天涯石，然后匆匆返回。上车后，伙伴们问我怎么待了这么久？我说好不容易来到天涯海角，很想静一静。阿阳调侃道，我们想知道的是，"静静"是谁？逗来满车笑声。

十三

走到天涯海角，就该返程了，我们回到三亚市，两天来，上车睡觉，下车拍照，还真没有好好看看这座城市，三亚是由一个小镇逐渐发展而来，所以一路上你既能看到乡镇建筑的样子，也能看得到二三线城市的样子，更能看到高楼林立，堪比北上广深。我们居住的酒店下面很热闹，可惜我已经没有力气下去逛逛了。

一路上，我们的团餐质量不错，有海鲜大宴，鸡尾虾是一整盘上的，米饭可以一直续，但是海南的米饭很糙，比北方大米差远了。每次饭间，都有人兜售海苔和虾酱，都是先给各桌免费品尝，游客觉得味道好的话，就可以购买。有个女孩比较会说，说她是大学生，来实习的，请多关照，说得很恳切，大家多买了几盒虾酱。

以前去云南时，我说旅游就是一个和导游斗智斗勇的过程，要练就一身"抗忽悠"能力，但是在阿阳和陶导身上，我们没有这种感觉。其实，导游也是一个辛苦的行业，随着旅行社竞争的激烈，导游的压力也很大，她们也需要赚钱，也要生活，导游不强逼你买东西，就很好了。

第五天，我们上午去三亚的美丽汇，这是卖水晶和珠宝的地方，感兴趣的朋友可以百度一下三亚美丽汇，非常有名。我显然是这里最不受欢迎的顾客，因为随便看了几个水晶手链的价格，都在七八千以上，动辄好几万，我心里想，把自己卖了，都换不回一串手链。于是就在商场找了个能坐的地方，静静地写我的游记。

阿阳只是给大家一个足够长的时间让大家逛，并没有要求大家必须买东西。集合时我发现商场外面的围栏外有很多小商小贩，也在兜售着各种水晶手链，10元、20元，给钱就卖给你。大家都来围观，但是谁也没买这些地摊货。

大家都从美丽汇空手上车，我注意到了阿阳脸上有一丝失落，但令我感动的是，她继续认真介绍接下来的行程，有团员提出，希望回到海口后，购买些水果和特产。

午饭时，有人在现场拍卖字画，据说是海南老年书法协会会长的作品，售价也不高，一两百元一幅，一开始没有人响应，都是一个"托"买去了，后来真的调动了大家的情绪，现场很多人都买了，似乎这种东西比水晶项链更吸引人。我坚持没买，是因为几年前去桂林时遇到类似的场景，100元的大扇子，怎么想都不贵，当时我们每个人都买了把大扇子背上车，可是一到阳朔才发现，满大街都是这种大扇子，只要30元一把。

从三亚回海口，就是从海南岛的最南端到最北端，经过陵水县要看最后一个景点：椰田古寨。本想到了尾声了，没想到高潮才刚刚到来。

十四

因为高速路维修，我们沿着一条小路来到了位于陵水县的椰田古寨。要说天涯海角游人多我不奇怪，来到这里，比天涯海角的游人还多。景点导游是个非常利索的苗族女子，她口才很好，而且很有气场。在景区外，她先让我们去上厕所，景区里面没有厕所。进了大门，先教我们学苗族、黎族的常用语，接下来可以和当地人语言互动。这里的确是一个互动性很强的景点，设计了很多互动场景和细节，居民屋外地上有他们自己种的大黄瓜，2元钱就能拿一根尝尝。

寨门口有苗族的阿妈在做陶器，其实也是做出样子给游人观看。进寨门前，要求团队选出代表带领大家唱歌，才能放行，我们团队选出的王超是个帅小伙，他居然带领我们唱起了少先队队歌，看门的人勉强让我们通过。导游说，这里有个习俗，如果有女孩子用屁股顶你，说明友好，你一定要回顶，说得男同志们心里痒痒的，这有何难！没想到冲将过去，眼前竟是几位50多岁的苗族老婆婆，吓得我拔腿就跑。

不过在寨门口，有两位漂亮的苗族姑娘，每位游客都被她们捏着耳朵拍了照。我问导游，你们这里到底是苗寨还是黎寨？她是这样解释的，黎族是海南的本地民族，汉族来了后，就和黎族打仗，打不过黎族就从广西调来8000苗军，打败了黎族，后来黎族和苗族友好相处，居住在一起。我问："你们苗族是不是不搞计划生育，"她说："是的，苗族不允许堕胎，一家有四五个孩子属于正常，"她已经有三个孩子了。

她带领我们来到村委会前，这里有头骨、蛇酒，还有苗族的银匠在打造银器，游客们可以戴着他们民族的头饰拍照。导游说，苗族是全国离婚率最低的民族，在家里女人说了算，男人不是不想离，是不敢离，因为女人会给背叛的男人喝一种蛇酒……听了让人不寒而栗。

接下来有一个比武招亲互动环节，我们团的王超上台，和另一个团的小伙子比谁的肺活量大，谁喊的时间长，小王获胜，我们一起欢呼，他要娶媳妇了！可是突然从屋里出来一位60岁的老太太，大家哄笑起来，主持人解释说，这是丈母娘，过了一会儿，又出来一位老汉，大家又笑了一把，主持人说这是岳父，最后出来的才是新娘子，矮矮的，胖胖的，王超一脸不情愿地被送进洞房，可是，没过两分钟，王超就被轰了出来，额头上被印了个红嘴唇，我问，新娘亲的？他说，哪呢！用印章盖的！一脸委屈的表情，大家都乐了。

导游领我们到她的家里，这里显然不是她真正居住的地方，游客们被邀请喝茶，听她一番演讲。她演讲的主题是，三个不能等：健康不能等，孝敬父母不能等，教育孩子不能等。她讲得入情入理，不比《我是演说家》节目里的选手差，她最后推荐了一款银制的水杯，这才明白，前面讲的都是铺垫。我悄悄问了价，2980元，吓了一跳。民居前面有大型的银品店，各种银器，价格不一，我相信这里的货是真的，但是比淘宝上的价格贵的不止一点点。

大家自愿购物，再一路出去都是小店，吃的喝的，一应俱全，最后是体验苗药，专治关节风湿病，据说很有效，很多团友都买了。最后送别时刻，全体苗族人一起背诵苗族的村规，我听着像《弟子规》，她们背得真熟，那个场面令我难忘，我给那位导游拍了张照，记录下这一瞬间。出门时，每人有一张美女捏耳朵的照片，做得很精致，一个7寸折页，附有景点介绍，要付费20元。我们团里大部分都要了。我心里暗想，这苗族人赚钱的本事，真是厉害得不要不要滴！

十五

我们的车一路向北，在傍晚时分抵达海口郊外，这时我们主动要求阿阳领我们到卖水果和特产的地方，来趟海南，总要带些东西回去。卖水果的地方是一个路边店，大家下车抢购一番，车上一下子堆满了大箱小箱的水果。购买海南特产的地方叫春光集团，这是海南的大企业，购物超市里各种海南特产，品种齐全，大家疯狂买买买，阿阳在外面都等急了。

晚饭后抵达海口住宿的酒店已经晚上 9 点多了，第二天上午的飞机，阿阳叮嘱大家好好休息，我说你都回海口了，不回家看看孩子？她说明天还要送机，完成任务再回。那个时刻，我深深体会到各行有各行的不易，每个人都在坚强的生活。开大巴的司机师傅是海口本地人，一路上基本没说一句话，第二天要继续带下一个团，走我们曾经的路线。旅游除了让自己放松之外，还能让你懂得珍惜自己的工作，出来看看，大家都不容易。

　　第二天在飞机送机口，阿阳帮助大家把东西办完托运手续，然后和大家告别，我和大家挥手而去后，突然觉得漏了点什么，我返回送机口，和阿阳合了张影。我说，我代表全团感谢你。她说她是第一次和男游客合影，她一直在微信上看我写的游记，她再三叮嘱我，多写写我们海南的好，弘扬正能量。

　　登机时，我终于发现了机场"海口"两个字，我在此留影，与海口作别。尽管 6 天的行程让我有了各种感受和思绪，临别时，却竟然如此难舍！因为人生只有一次，人的一生中能去的地方毕竟是有限的，我不知何时再来，但人生能有这一次完美的旅行已经无憾！许巍的《蓝莲花》仿佛在耳畔响起："心中那自由的世界，如此清澈高远！"美丽的海南已经渐渐消失在云端下面，我在心里默念，再见，海南！再见，阿阳！愿这座国际旅游宝岛越来越好。

（写于 2016 年 12 月）

摇滚情怀

去北京朝圣的路

这是一个美丽的紧张的气氛/天空在变小/人在变单纯/

突然一个另外的空间被打开/在等待着/等待着我的到来

——崔健《另一个空间》

2011 年元旦，早上醒来，看到的是一抹温暖的阳光，不知不觉已经走进了新的一年。不知道 2011 年的阳光会与过去有什么不同，更想不到自己将迎着新年第一抹阳光，去北京看崔健摇滚交响新年音乐会的道路，而在我心中，这将是去北京"朝圣"的路。

崔健是我大学以来的精神教父，那个时候，除了学习，最大的爱好有两个，一个是听崔健的摇滚，一个是看周国平的文章。在图书馆里，我从每一期《追求》杂志卷首语里都发现了周国平的文章，他的文笔和对生命的理解深深地吸引了我，我一字一字地把他所有的文章都抄在读书笔记上。多少个夜晚，我戴着耳机去阶梯教室上通宵自习时，听的是崔健的《最后的抱怨》，宿舍和教室的走廊上，我和喜欢摇滚的青年一起尽情唱着《一块红布》时，不知招惹了多少同学的目光，1995 年崔健来西安举办演唱会时，我们帮着在西安各高校卖了200 多张票，有幸得到崔健的亲笔签名并与之合影……毕业回到家乡后，我还是习惯于在音像店搜索崔健的磁带，在书店寻找周国平的作品，结果有一天在书店看到这两个人竟然合写了一本叫《自由风格》的书，看到自己最崇拜的两个人，一个哲学家，一个音乐家，居然也相互欣赏，这是怎样一种兴奋啊！

2011 年，崔健 50 岁，周国平也 66 岁了，周国平曾写过一本书，叫《各自的朝圣路》，我不知道周国平会不会坐在北京工人体育馆嘉宾席上观看崔健这场跨年演唱会，却只知道我已经义无反顾地踏上了一条去北京"朝圣"的路。

一、票价"二百五"

崔健摇滚交响新年音乐会由于前期宣传，最高票价已经达 2800 元每张，已经赶超了王菲，所以为了到北京能够进场，我请我北京的同学提前买好了票，我在路上时听他说票已经买好了，原价 400 的票，他花 250 买的，我顿时笑了，呵呵，在别人眼里，我们这些摇滚青年恐怕真成了 250 了！

在常人看来，去那么远看一场演唱会是一件多么不可思议的事，而我要说，这是一种精神追求。任何事情，你对它越是痴迷，那么你从它身上获得的乐趣就越多。崔健歌里的精神、思想，一直引领着我工作以后的生活道路，我成了崔健的铁杆粉丝，我的论坛头像就是他新长征路上摇滚那张专辑的封面，他的歌词我几乎都能背下来，他和他的音乐是我生活中最重要的爱好和快乐所在。在现场我遇到了一位从济南赶去看演唱的粉丝，他叫刘文正，是一个学校的美术老师，他一身炫酷的装扮，戴着一顶镶着红色五角星的帽子，一直坚持站着看舞台，看崔健。有共同爱好的人在一起，总有很多东西交流，他告诉我说，2010年11月13日上海的怒放摇滚英雄演唱会他也去看了，坐在内场，可惜崔健没来。他说崔健也是他的精神教父——教学时掏心窝地对待孩子们，画画时总想注入其超乎寻常的爱及创造力，生活中更是极力推崇之。

二、我想宽容这儿的一切，可是我的嗓子却发出奇怪的声音

现场舞台用15条红布拉成幕遮挡着，我刚坐下没几分钟，响起了三遍铃声，演出开始了，而此时我才发现忘记了买荧光棒，心中那个后悔，看摇滚没有荧光棒我挥舞什么呢？随着一阵大气的交响音乐，15条红布缓缓升起，崔健登台，没有暖场乐队，此时正好是19点30分，跟预告的时间一样，崔健是个守时的人。

1999年10月28日在济南看过崔健演出，到如今11年过去了，11年间，我经历了生死劫难，经历了悲欢离合，经历了生命中很多重要的东西，甚至是无奈地放弃，但是心中对崔健的喜爱从来没有变。1999年，我大学的师弟们给我寄来一份珍贵的礼物，是崔健给我的签名，那年崔健来到西安做节目，我的师弟们见到他，告诉他有一位师兄非常喜欢他的歌，已经毕业回山东了，崔健闻之，欣然提笔为我留下了签名。2001~2003年间，我被邀请到东营交通音乐台做了几期音

乐节目，取名叫《摇滚摇滚》，其中有 3 期都是介绍崔健的音乐。11年过去了，在网上看过他在全国各地和国外的一些演出视频，感觉这个充满激情的人，无论到什么时候，都像一个斗士，都不会老去。

第一首歌，旋律响起，我就知道是自己非常喜欢的《宽容》，里面最经典的一句歌词是："我去你妈的/我就去你妈的/我背后骂着你"上大学时，睡在我上铺的来自延安的兄弟是我摇滚的导师，大一那年，当我在宿舍里赞扬黑豹的音乐时，他打击我说，崔健才是真正的摇滚乐手！从那时起，我开始接触崔健的摇滚乐。每当我老是蹭他烟抽的时候，他总是假装愤怒地用这句歌词回报我。这是我和他都十分钟爱的一首歌。

三、爱情就是自由加上你的人格

崔健卖力地演出赢得现场第一次掌声，也许很多人拿了别人的赠票准备来看一场地道的交响音乐会，谁承想一上来让崔健骂了个"去你妈的"，谁是崔健，崔健是谁？很多人可能还不明白下面还会发生什么。崔健演唱的第二首歌是《时代的晚上》，此歌也是他整个演唱会唯一在后面 LED 屏上打出全部歌词的一首，可见他对这首歌词的钟爱，我想也是为了那些不懂摇滚的观众了解歌词内涵。我也酷爱这首歌，如果对老崔所有歌的歌词作个排名，震撼我心灵排第一的是《另个一空间》，排第二的，就是这首《时代的晚上》。

我看过很多爱情故事，看过许多爱情告白，唯有这个最震撼人心灵，最让人感动。有时我在想，如果重新回到 18 岁，我去追求一个心仪的女孩时，我一定会跑到她的宿舍楼下，弹着吉他去唱这首歌，我坚信我的成功率会是百分之百。当然，也许"会有个声音严厉地问我：你到底懂不懂，到底懂不懂什么是真正的爱情？你说——爱情就是自由加上你的人格!"多少年后，我们经历了爱情和婚姻的沧海桑田，我们才真正理解了这句："爱情就是自由加上你的人格"，爱情不能失去自由，不能束缚我们的心灵，否则我们会成为爱情和婚姻的奴隶，我们会想着"城里的人想出去"。爱情又不能丧失人格，否则我们赢不得尊重，我们会被爱情和伴侣所抛弃。真正的爱情必然是自由与人格的完美结合，但是试问天下情侣，又有几个真正能做到？

四、我们都曾像个孩子似的"出走"

第三首音乐响起时，北京交响乐团演奏的好像是一首《送别》，像《让子弹飞》开场的音乐，非常舒缓，非常唯美，而接下来我才听出是崔健早期比较唯美的歌曲《出走》。这是我 QQ 音乐里经常听的一首歌，崔健的歌曲也有刚柔之分，刚的如《快让我在雪地上撒点野》《最后的抱怨》，柔的如《花房姑娘》《出走》。英雄之所以伟大，不只在于他有刚强的一面，也在于他也如此柔情。崔健在歌中唱到："太阳爬上来/我两眼又睁开/我看看天，我看看地/哎呀"，一声"哎呀"的怨叹，他想起了他的家乡——"望着那野菊花/我想起了我的家/那老头子，那老太太/哎呀……"当然，在他内心深处，最牵挂的还是——"还有你/我的姑娘/你是我永远的忧伤/我怕你说/说你爱我/哎呀……"崔健在多首歌里表达了对爱情的渴求，但又不愿为爱情而束缚了自由，在他心中，自由始终是第一位的，爱情是第二位的。在《假行僧》中，他唱到，我要从南走到北，我还要从白走到黑，我要人们都看到我，却不知我是谁。他甚至想要做一个自由的行者。但是，他说，要爱上我你就别怕后悔，总有一天我要远走高飞，我不想留在一个地方，也不愿有人跟随。在《花房姑娘》中，崔健也表达了这样的情愫——"你要我留在这地方/你要我和他们一样/我看着你默默地说/噢……不能这样。"

20多年来，崔健一直是这样的一位行者，1986年，也是在北京工人体育馆，他凭借《一无所有》这首歌一炮走红，随后出专辑，在全国各地巡演，我最早听的是他20世纪90年代初在北京工人体育馆演唱会的版本，以《不是我不明白》开场，气氛异常热烈，是2011年元旦这晚无法比拟的，那时候臧天朔还是他乐队的键盘手。崔健说，他演唱会上最不喜欢唱这首《一无所有》，我们这些歌迷们也最不喜欢听这首《一无所有》，记得大学毕业之际，我的师弟们为我送行时，他们喝着啤酒，弹着吉他，大声叫嚷着："谁说我们一无所有，我们有音乐，有啤酒！"其实，崔健从最初也并非一无所有，他首先有一个好的家庭环境，他出生在一个音乐家庭，父亲是一个小号手，他从小就跟着父亲学小号，并有了一群爱好音乐的小伙伴，他们最早组成的乐队叫不倒翁乐队，出过很早的一盘专辑叫《浪子归》，很多人至今还喜欢里面的歌，因为很柔情，我听了很想笑，原来崔健以前也唱这么绵的歌啊！崔健说，他以前也是参加"海选"被选拔出来的，那个时候，他和他的乐队成员打车把乐器拉来拉去，参加各种选拔，类似今天的"超男超女"，只不过别人是一个人参加选拔，而他们是一个整体的乐队，所以更有竞争力，最终胜出。崔健25岁成名，应了那句话，出名要趁早。20多岁的他，应该是追求理想追求爱情的年纪，可是他只有理想和自由，却没有物质上的富有，于是女孩却总笑他"一无所有"。

20多年来，他一直坚持自己的理想与追求，一直坚持对美好事物的向往，他的人像他的歌词一样真实，他说摇滚乐就是自由加真实，我相信是这样的，我们都曾如一个孩子般出走，在路上我们尽管看透了种种风景，但心中永恒的追求，唯有自由，唯有真实。

五、我心中只有爱情，可爱情它不能保护我

看崔健演唱会，一是听他唱什么，二是看他说什么，崔健前几首歌没多说什么，只是问大家这种摇滚加交响好不好听，是摇滚被交响了，还是交响被摇滚了？我坚信绝对是交响被摇滚了，从演出的歌曲来看，一般是交响作前奏，崔健和谭利华等一些艺术大师们将曲子进行了一系列巧妙的编排，而真正的主旋律响起时，100多人的交响乐团被弱化了，只是起到气势烘托作用，我们听到的还是原来那个像一把刀子的崔健，有位朋友说得好，有交响乐团存在，萨克斯手刘元的

作用被限制了，他的作用显不大出来了。喜欢崔健的人大部分都喜欢他的乐队，吉他手艾迪、萨克斯手刘元、鼓手三儿（张永光），都是圈内著名的人物，他们跟着崔健20多年，一直不离不弃，我因此佩服崔健的为人，崔健一定是一个乐于分享的人，不会独占成功的果实。

唱完《像一把刀子》和《假行僧》后，崔健献上的是他在第三张专辑里的主打歌——《红旗下的蛋》，崔健很搞笑地说："现实像个石头，精神像个蛋，妈妈仍然活着，爸爸是个旗杆子，若问我们是什么？红旗下的元旦！"

崔健当晚演出最后的曲目是《快让我在雪地上撒点儿野》，也是古筝加摇滚，非常有力量的一首歌，我觉得最有力量的还是它的歌词——因为我的病就是没有感觉！2001年冬天我出了次车祸，差点死了，第六颈椎骨折，一半身子瘫了，一半身子麻了，现在瘫了的那一半好了，但是麻的那一半，医生说永远也好不了了，捏上去没有疼痛的感觉，而是麻木的感觉，我的病恰恰就是没有感觉！而庆幸的是，我的耳朵还好使，我可以继续听崔健，我的手还好使，可以拿起笔来写崔健，我的眼还好使，可以亲眼看着他在台上——发泄所有的感觉，一直迎着风向前！

六、在运动中想事儿越想越起劲儿

崔健第五张专辑《给你一点颜色》我早就买了，但一直没有认真听，去领会，直到看完这次演唱会后，我下载了他全部的歌曲在车里听，而听得最多的就是这盘专辑里的歌。我始终坚信，崔健的新歌和他新歌里的思想我们接受不了，那是很正常的，那是我们的事儿，而他始终是引领潮流也引领我们思想的。2011年元旦之夜，崔健第7到第9首唱的是这张专辑里的《迷失的季节》《蓝色骨头》《农村包围城市》，第二次返场唱的第一首歌是《红先生》，还有一首新歌是《滚动的蛋》，崔健说，中国的摇滚乐就是一个滚动的蛋，可惜这首歌的歌词我至今还没搞到。我旁边那位济南来的朋友似乎更懂崔健，他说第五张专辑里面他最喜欢的就是《蓝色骨头》和《红先生》，从北京回来后，我开始恶补这几首歌，一边开车，一边放大声音，让耳膜受到震撼，真的也是越听越好听，就像崔健歌词所言，在运动中想事儿，越想越起劲儿。

在《农村包围城市里》里，崔健站在一个农民的角度嘲笑城里那些专门从事"写字儿的"，他说，世界上有两件事最容易，一个是吹牛，一个是写字儿。他质问，有知识和有良心是两回事儿，没有良心有知识那有啥用啊?! 你们敢说你们说的每句话都是真的吗? 写的每个字儿都是用了心的吗? 你们现在火起来了是暂时的，用良心换知识我还不换呢，我要是有个儿子，才不跟你们学呢! 而后，崔健在《蓝色骨头》里，又站在一个城市里"写字儿的"角度进行内心独白，他说，经过了基本的努力，接受了基本的教育，找了个体面的工作，说白了就是一个写字儿的。我就是一个春天的花朵，正好长在一个春天里，因为我的骨头是蓝色。一开始我就是想用笔发发牢骚，可是谁知道一开始就一发不可收拾。俗话说活人不能给尿憋死,只要我有笔,谁都拦不住我,这就是我的事业,更是我的兴趣。钱虽然不多但并不太忙,正好剩下了时间让我琢磨活着的意义。

崔健在这首歌里提出自己的观点,人活着要三大要素才能幸福,第一就是能高高兴兴工作挣钱养活自己,有话就说、有话就写而且要彻底。第二就是身体一定要健康,因为身体要是不舒服,什么都是白搭。第三当然就是爱情了。关于这一点崔健似乎体会得最深,他说,男人越是闲着越是人缘儿好,哥儿们之间谈论爱情认真也是假的,只有在姑娘面前动感情才算是真的,当你真的爱的时候理论都是虚的,只有分手的时候疼痛才是实的。如今美女都需要好的身体,谁能告诉爱情到底要我使出多大的力气?!在这些朴实又朴素的歌词被崔健娓娓道来的时候,我们感受的是一次灵魂上的洗礼。好的工作、好的身体、好的爱情都是我们需要的,具备了这三者才能有资格谈幸福。白岩松前不久出了本新书叫《幸福了吗》,是他从 30 岁到 40 岁的 10 年间对幸福和信仰的理解。幸福来自于自己内心的感受,而这一切的前提就是有个健康的身体和一个强大的内心。

我相信崔健之所以伟大,不是因为他台上的辉煌和一呼百应,而是因为他有一个强大的内心世界,多少个不眠之夜,在我们熟睡之际他还在思考,思考人世间的真理,就像《明朝那些事儿》里面讲到的那个伟大的哲学家王守仁,在面对一片竹子时,悟出了格物致知的道理。金钱、名利不是崔健追求的,他从来都是真唱,从不接广告,从不卖弄，他是我们这个时代，在精神世界里活得最纯粹的人，他一直在探寻人世间的真理，感悟幸福与爱情的真谛。他瞧不上物欲横流的东西，他不屑于那些混迹于官场或生意场没有自己独立人格的同龄人，他必将像王守仁一样，不朽。

七、一块红布永远是红的，不会因为时间而褪色

"一块红布永远是红的，不会因为时间而褪色"。这句话是我大学毕业留言簿中，一位同学给我的留言，也是我最喜欢的一句话。从1994 年到 2011 年，17 年过去了，我从一个听崔健的学生到一个听崔健的公务员。梁漱溟老先生说，人总要面临有三大问题，顺序错不得。先要解决人和物之间的问题，接下来要解决人和人之间的问题，最后一定要解决人和自己内心之间的问题。当我开始更多面对自己的内心，回望来时的路时，我曾不停地问自己：为什么我们年轻时的梦想不再坚持了，为什么要一定抛弃成长路上一直陪伴我们的东西?! 摇滚乐是一个如此真实的东西，它一直如此亲切的贴近我们的内心，我们凭什么要抛弃它?

崔健 50 岁了，还在坚持他的理想，坚持他的力量，我们为什么要被世俗、金钱和权力所湮没? 所以，我坚持，一块红布永远是红的，不会因为时间而褪色。

2011 年元旦这个摇滚之夜，台前那 15 块红布正是为这首《一块红布》所设计。当灯光暗去，大幕垂下，我们透过后面的追光，看到

的是一个红色的斗士，这是北京红色的夜晚，这是我眼中 50 岁的崔健，这是我从千里之外赶来朝圣的那个人。他是个传说，是一面旗帜，是一个铁打的汉子！在我心中，文艺界称得上汉子的，一个是他，一个是姜文，他们都是坚持自己理想和信念的人，就连他们之间也彼此欣赏，彼此推崇。崔健排练时，姜文曾带着自己的女儿来探班，姜文导演的影片《让子弹飞》上映时，我相信崔健也会是最早的观众。

谁说崔健老了，谁说台上的他不再给力？在我看来，他深蓝色的裤子、锃亮的皮鞋、有节奏的步伐，比一个长跑运动员更有耐性，比一个拳击运动员更有冲劲儿！是的，让子弹飞一会儿，让歌声穿透我们的耳膜，直刺我们的内心！20 多年来，在我们的精神世界里，他给我们的唯有——震撼，震撼，还是震撼！

八、最后一弹打中我胸膛，刹那间往事涌上我心

整晚演出，在观众的热情呼喊下，崔健三次返场，加唱了 5 首歌，加上之前演唱的 13 首，总共 18 首歌，给喜欢他的歌迷来了个醍醐灌顶。而据我观察，现场来的观众，真正的"崔迷"可能连十分之一都不到，但最让我感动的是，从《一无所有》之后，全场观众全都站起来了，北京交响乐团的乐手们也开始站起来演奏，听懂的和听不懂的，全都被崔健的倾力演唱所感染，所鼓舞，崔健用他的真嗓子，用他对艺术的执着为我们诠释了什么是真正的音乐，什么是真正的艺术家。所有观众跟着他一起呐喊，一起摇摆，在庆祝这个时代，而这个时代，

既不是刚来，也从未结束。

崔健返场第一首歌，竟然是我最喜欢的《最后一枪》！2010年，我去上海看过怒放演唱会，我曾说，演唱会如果以这首歌结尾，那就完美了……我是如此酷爱老崔的《最后一枪》，英雄倒地的悲壮，只有泪水，没有悲伤。我儿子经常埋怨我说，爸爸，这首歌你已经听了100遍了！其实，他数错了，是听了1000遍了！1996年，我在西北大学帮崔健演唱会组委会卖票时，有个陕北榆林的"崔迷"，是个女的，跑到学校来找我，就问我一个问题——《最后一枪》的歌词是什么？她听不清楚。一些关键的歌，关键的词，崔健总是有所保留，可能是时代所限吧。我说，我也听不清楚，我听的是《解决》最后一首音乐版，崔健和几个日本乐手合作的，歌词只有几句，音乐很悲壮，很大气，尤其老崔亲自吹的小号响起时，我身上每一个细胞，每一滴血液都沸腾了！那时，我不能给崔健打电话，也没有网络，我不知道答案。现在我可以告诉你完整的歌词——"一颗流弹打中我胸膛/刹那间往事涌在我的心上/噢/只有泪水没有悲伤/如果这是最后的一枪/我愿接受这莫大的荣光/哦/最后一枪/哦/最后一枪"。

一直喜欢在车里放大声音，和崔健合唱这首歌，一直怀疑是不是只有自己才如此钟爱这个曲目，2011年元旦之夜，当崔健唱起这首歌时，现场有那么多人和我一起唱出它并未公开过的歌词，这时我才知道，好的音乐，没有国界，并非我所独有、独悟。至少崔健本人也如此钟爱这个作品，在心灵上，我一直和他相近、相通。

　　35 岁以后，我经常回顾成长岁月，经常像崔健一样深刻地思考人生，我决定在我百年之后的追悼会上，不要给我放哀乐，就放这首《最后一枪》。虽然我最终成不了英雄，但我离开这个世界时也会有一种悲壮情怀——感谢我的爸爸林玉才和我的妈妈高春华给我一次生命，让我的青春曾在崔健的歌声中怒放，感谢上苍赐我一个人间，让我在体会了人生百味后，如此的满足，如此的释然，相信我闭上双眼的那一刻，只有泪水，没有悲伤……

（写于 2011 年 1 月 20 日）

带着儿子看崔健

疯狂就像只小鸟/就在你心里/一天她会突然跳起/从你的身体里飞出去/飞出去

——崔健《笼中鸟儿》

一

2011 年元旦去北京看完崔健摇滚交响音乐会后，崔健对我生命的影响变得更加直接，原因是通过这次演唱会我认识了两个好朋友，一个是济南的刘文正，一个是德州的黄国明。

刘文正是在北体现场认识的，他是为数不多站着听崔健的，我靠近了他，一聊，才知他是从济南赶去的，而我，来自山东东营，同样来自山东，同样喜欢崔健，使我们相见恨晚。而黄国明是在从北京回来后认识的，我德州的一位朋友常立波曾发给我一条拜年短信，是用崔健《快让我在雪地上撒点儿野》的歌词改编的，写得非常精彩，他说是他的一个叫黄国明的同学发给他的。

从北京回来后，我把 17 年来对崔健的感悟和理解，以及对崔健摇滚交响音乐会的现场感受写下来，写了篇《去北京朝圣的路》，发在百度崔健吧里，没几天，我又收到常立波的一条短信，内容居然是我文章中的一段话，我问他，你看过我的文章？他说不是，也是黄国明发给他的，于是，我和黄国明相识。

我们的交往没有任何阻隔，因为心灵相通，我们成了每天通长途电话的朋友，长途手机卡成了我生活中必需的精神消费品，我们之间的探讨也从崔健延伸到文学，以及对生活和生命的理解，而这一切的生活改变，都是拜崔健所赐。

2011年7月22日晚9点，济南一九烧烤摊店。文正、国明和我相聚在济南，我们干杯，为得是半年以来，我们因为崇拜崔健而相识！我们干杯，为得是预祝第二天晚上举办的"时代的晚上——崔健济南演唱会"圆满成功。当然，这次相聚还多了一个人——我6岁的儿子林子贺，他从懂事之日起就开始跟着我听崔健，这次，我要带他进入演唱会现场，让他看看真的崔健。

二

演唱会前那个晚上，我做了个很不祥的梦，梦见7月23日晚因为晚饭吃晚了而耽误了进场！醒来后好一阵遗憾，所以7月23日一天，除了带儿子逛了逛山东省科技馆，几乎别的事都没干，休息，休息，养足精力，晚上和儿子一起看崔健。

7月23日晚6点，山东省体育中心体育馆不远处的旺角餐厅，济南的朋友点了一大桌可口的饭菜招待我和国明，可是我一点吃饭的心情都没有，因为我们当时还没有买到票，准备在演唱会前从门口寻找

"黄牛"。

济南的警察真是厉害，据说前不久刚打击了一些"黄牛"，逮到就直接刑拘了！这事儿的直接后果就是，7点1刻左右，我们来到体育馆外面时，一个"黄牛"也没遇到！

看来前一晚上的噩梦要应验了？我不甘心！终于，看到一个学生模样的人在"组织"人，说50元一个人，可以把人领进去！我立即凑上前，急切地对他说："我们三个人，俩大人，一个孩子，先把我们领进去吧！"

都说人生如戏，没想到看崔健演唱会也这么富有戏剧性，当我和国明带着我儿子坐到体育馆北区二楼看台上时，也在怀疑这是不是在做梦？

不过，我和国明都有个观点：希望掏自己的钱，买票看崔健，这才是对崔健的尊重和支持，可是在一票难求的情况下，居然以这种方式进场，也实在是没有想到，真应了崔健那句——"其实动点儿脑子绕点儿弯子不就把事情都办了"。

三

来济南之前，我一直想在济南演唱会上听到是崔健的《笼中鸟儿》，因为几个月以来，我一直在车里反复地听这首歌，可以说，百听不厌。

如果说崔健以前的歌都是直抒胸臆，直接表现自己的力量的话，那么他《无能的力量》专辑里的歌，都换了一种方式来表达，换为一个看似无能的、软弱的男人在对一个女人倾诉的方式，这种方式，应该说更有灵魂震撼力，因为那个男人对女人说出的是心底最真实的话，是来自心灵的声音！《笼中鸟儿》就是这种"倾诉式表达"，先缓后急，最后气势凛冽，力度居然超过了《最后的抱怨》。

四

而 7 月 23 日夜，我并没有听到这首歌，崔健当晚以《从头再来》开场，以《像一把刀子》收尾，总共演唱了 17 首歌，有《从头再来》《快让我在雪地上撒点儿野》《这儿的空间》《红旗下的蛋》《蓝色骨头》《出走》《缓冲》《滚动的蛋》《飞了》《一块红布》《假行僧》《时代的晚上》《超越那一天》《一无所有》《新长征路上的摇滚》《花房姑娘》《像一把刀子》。

整晚演出，崔健像个"从头再来"的老战士，一首接一首地唱！他的激情可能来源于现场的观众，当天是大暑之日，济南最热的一天，省体育中心体育馆内酷热难耐，开场之前，歌迷们不是在呼唤崔健，而是在集体喊着"开空调！"……我想，这种炎热也是歌迷们内心的温度，崔健曾在 1992 年在这里开过一场演唱会，今天是 19 年后重来，对于济南，崔健不是常客，让大家怎么能不想念他？

五

因为刚看完崔健摇滚交响音乐会，所以听到崔健演唱老歌时，我并不感到十分激动。一个真正喜欢崔健的人，一定是最想听到他的新歌，而不是只沉迷于老歌。相比摇滚交响音乐会，济南之夜还是老歌多了些，但是《缓冲》这首歌是在山东首次现场演唱，给了大家新鲜的刺激——"周围传出的声音真叫人腻歪，软绵绵酸溜溜佀不实实在在""第二天早上醒来洗完了脸，疯狂不见了，恐惧出现了"是里面最经典的两句，相信生活中的我们，都有过这样的感觉。

别人都在看着台上的崔健，而我更多关注的是台下的观众，我用照相机拍下了现场歌迷疯狂的姿态和表情。我在想，20多年过去了，究竟是哪些人还在爱崔健？他们对崔健还有怎样一种热爱？

现场的观众有来自山东各地，也有来自全国各地的，甚至还有专程从海外赶回的华人，看来大家都对这次崔健济南之行充满了期待，有的歌迷扛着印有崔健头像的大旗，而主办方大众网则打出万人签名的横幅："让我们像刀鞘一样保护崔健去战斗！"

从穿着打扮来看，有的歌迷穿着海魂衫，有的歌迷穿着印有崔健头像的T恤，有的如我，戴着一顶白色镶有五角星的帽子，这顶帽子更是崔健的标志，我戴的这顶帽子就是今年元旦从北京体育馆外买的。

现场从60后到70后、80后、90后，各个年龄段的观众都有，崔健在现场问："有世纪婴儿吗？怀孕的也算！我相信有的妈妈是给孩子做胎教来的！"而我的儿子，是现场年龄最小的观众之一，属于2000年后的，我带他来，就是让他感受一下真实的现场气氛，让他知道什么东西影响了他的父亲一生？什么才是真正的摇滚乐！

我的儿子居然也能安静地听下去，他一定也是被崔健倾情的演出震撼了，我们的位置就在音响旁边，他居然一直没有用手去捂自己的耳朵。他通过仔细观察，发现管乐手刘元从萨克斯到笛子，会的乐器很多，于是很好奇地问我："爸爸，那个叔叔怎么什么都会吹啊？"

现唱热情的观众让老崔感动，也让我感动。我看到老崔的精神在传承，老头更有力量了！而我已成了老崔的亲人，一个永远以他为荣的亲人。

六

崔健演唱他的新歌《滚动的蛋》时，我和国明带着孩子有幸转进了内场，我坐到了内场 2 排 21 号，而国明则坚持在台下站着听崔健演唱，不远处，我看到了一个熟悉的身影——刘文正，他正反戴着帽子，挥舞着双手，跟着崔健唱着。

在舞台下近距离的观赏崔健，的确感觉不一样。那个 1994 年以来我的精神导师、那个一直影响我生命气质的人，就离我只有十几米远！和 1996 年西安演唱会上的他相比，他的确是老了，头发少得需要戴帽子来遮盖，嗓音似乎也不如以前了，但是舞台上的他，还是倾注全力演唱，直到最后嗓子都快哑了！

不但是他老了，艾迪和刘元也老了，有趣的是，他们三个以前只有刘元戴帽子的，而现在崔健和艾迪戴上了帽子，刘元反而不戴帽子了，留着个短发，显得很精神。这么多年来，崔健对艾迪和刘元，一直不离不弃，仅这一点，就让人十分敬佩。

崔健演唱《超越那一天》时，邀请了几位现场的女孩上去和他一起表演，这是他近几年来在各地演出的"规定动作"，只不过济南的女孩确实也忒热情了些，尤其是一个穿蓝色裙子的女孩，动作极其大胆，极具挑逗性，我在台下发现，崔健都被她弄得有点不好意思了，呵呵，廉颇老矣，尚能饭否？

七

崔健的返场很值得期待的，老崔就是这样很性情的一个人，只要观众不走，呼唤他，他就继续唱下去。崔健唱完《超越那一天》后，我忍不住站起来大声喊："老崔，回来！老崔，回来！"，内场观众的目光都投向了我，看得我有点不好意思。不过，紧接着是全场观众"崔健！崔健！"的呼声！老崔回来了！他第一次返场演唱了他的成名曲《一无所有》，第二次返场演唱了《新长征路上的摇滚》，都是全场大合唱，第三次返场则演唱了《花房姑娘》，之前各个媒体对这次演唱会宣传中引用最多的就是《花房姑娘》里这句——"我就要回到老地方"。

是的，在那个夜晚，6000 多名歌迷都在崔健的歌声中回到了心中的老地方，那里有属于我们共同的 80 年代、90 年代的回忆，那时的我们，"就是春天的花朵，正好长在一个春天里"，那时的我们，还"挺有理想的"，因为"我们的骨头都是蓝色的"。

八

崔健留给济南观众的最后的一首歌是《像一把刀子》，可见他对这首歌的厚爱——"手中的吉他就像一把刀子/它要割下我的脸皮/只剩下张嘴/不管你是谁/我的宝贝/我要用我的血换你的泪/不管你是老头子还是姑娘/我要剥下你的虚伪看看真的。"

崔健的歌，崔健的思想，在这个时代就像是一把刀子，直击着我们的心灵，摇滚是一种有力量的真实，多少年来，崔健一直吸引我们的就是它的真实和它的尖锐。

观众散场后，整个体育馆变得更加空旷，而我和国明、文正还意犹未尽，我们在舞台前合影留念，演出虽然已结束，但我们的友谊才刚刚开始。作为美术教师的文正，拿出他为我和国明精心准备的礼物——他亲手画的两个扇面：悠悠的山水间，有三个老头，分别穿着红色、黄色和蓝色的衣服乘船而来……背面则是两幅精美的篆刻，一曰：不是我不明白，一曰：超越那一天。

7月24日中午，我带着儿子踏上回东营的火车，离开济南的那一刻，我在想，也许崔健此时正坐着高铁回北京，而更多的观众则各自走在回家的路上，这次朝圣之旅，我离心中那个英雄最近的距离也不过十几米，通过一场精神的交流，我们又各自回到各自的世界中去，延续各自的生活轨道。我在心中对老崔说：感谢有你，你的思想和精神已经融入了我们的生命，甚至在影响着我们的下一代人。好好活着！

老崔！我们记得你说的，10 年后和 20 年后，你还来济南！我们等待着那一天！

（写于 2011 年 7 月 24 日）

又见崔健

这是因为崔健写下的第三篇文章，前两篇文章《去北京朝圣的路》和《带着儿子看崔健》在崔健百度贴吧和崔健论坛发表后，使我收获了很多喜欢崔健的朋友，有的虽未谋面或说上几句话，但是我相信，喜欢崔健的人心灵都是相通的，因为我们的骨头都是蓝色的。

——

最早听说"蓝色骨头"崔健北京演唱会的消息是在 9 月份，那时的我，激动之余发表了一条"期待 2012 年 12 月 15 日北京演唱会"的微博。对于那时的我而言，12 月 15 日可能比圣诞节更值得期待。这个日子必将成为所有"崔迷"狂欢的节日。但是，我们每一个喜欢崔健的人，都不是生活在真空之中，我们不能只靠崔健活着，他只是我们精神世界里的一个支撑。我们有工作，有生活，有家庭，工作和生活中的种种压力逐渐冲淡了这种激情。所以当 2012 年 11 月底北京的飞鸟大哥问我来不来北京时，我回复他说，我不准备去了，太忙了，我只有在心里默默关注老崔了。

其实，20 余年来，老崔的演出活动从未停止过，他像一个战士一样，从 20 多岁一直唱到 51 岁，全国各地甚至世界上很多国家都留下了他的足迹。他是个看重现场的人，他曾经说过，听摇滚就要到演唱会现场听。于是，近年来，我没有错过离我较近的两场重要演出。一个是 2011 年元旦的"崔健北京摇滚交响新年音乐会"，一个是 2011 年 7 月 23 日的"时代的晚上——崔健济南演唱会"。更重要的是，通过参加这两场演唱会让我收获了三个重要的朋友：德州的黄国明、济南的刘文正和泰安的袁健。

黄国明和刘文正在《带着儿子看崔健》一文中已经介绍过了，这里说一下泰安的袁健。袁健兄弟是崔健论坛的活跃分子，网名叫"寒冷的雷声"。2011 年 7 月 23 日之夜他也去济南看崔健了，不过他是有组织地去看的，这个组织就叫"崔健论坛"。这个论坛什么时候创建的我并不知道，只知道里面都是一些资深"崔迷"，坛主叫"拉拉"，是位相当有号召力的大姐。据说她组织了几十号人马从全国各地赶到泉城济南为老崔助阵。

独乐与众乐，孰乐？当然是后者。袁健他们看完济南的演出后一起在烧烤摊聚会，畅谈感想，共叙友谊，聚的不亦乐乎，这些事情都是我后来知道的，令我十分羡慕，看来，有组织的生活还是更为丰富多彩的。袁健是通过《带着儿子看崔健》这篇文章加我为好友的，他是一个真正喜欢崔健的人，所以他也不会放弃任何一个认识同道人的机会。他对崔健的每首歌都了如指掌，他对中国的每一支摇滚乐队都如数家珍，他甚至还参加了随后不久召开的日照迷笛音乐节，又见了一回崔健。小我 4 岁的他，有一个和子贺一样大的儿子。当兵出身的他，有着火一样的热情。与他相识，让我悟出了一个道理：人与人的相识，没有偶然，只有必然。我们之间的必然就是——崔健。

二

转眼到了 2012 年 12 月 15 日上午，我还在东营。周末的早晨睡了个懒觉，一觉醒来已经 9 点多了。我先给袁健打了个电话，他说他正在去北京的动车上，晚上看完演出还要参加一个崔健论坛的聚会，在崔健前贝司手刘君利开的酒吧里。我又给刘文正打了个电话，他说他也在去北京的动车上，上午参加一个朋友的画展，晚上去看演唱会。我顿时就坐不住了！"真的勇士，敢于直面惨淡的人生"——真的"崔迷"，应该是敢于和他们一起，坐着动车看崔健！

生命的精彩就在于突发奇想然后实现。12 月 15 日中午，我终于按捺不住，带上子贺，匆忙地踏上了去北京的路。而在一年多前，我就说过，对于一个执迷于崔健精神和崔健摇滚的人来说，这是一条去北京朝圣的路。

三

给即将过去的 2012 年留下一个精彩的回忆。即使有"世界末日"，此生也不留遗憾。其实，生命本来就不漫长，值得我们回忆的事情并不多，每天重复的生活犹如记忆里浩瀚的大海，一眼都望不到边，而只有这样精彩刺激的经历才是让我们看得见的帆。

我们一路狂奔，晚上 6 点前就已经进了北京市区。车载导航似乎故意安排我们先走一下长安街，让没到过北京的儿子先看一眼天安门夜景。

冬夜的北京，刚被一场小雪亲吻过，身上还透着阵阵寒气，而我却心急如火，我最担心的是不能在 7 点半之前赶到五棵松体育馆。在长安街上"爬行"时，我亲身体会到了北京交通的拥堵，心里不住地埋怨：北京，可真不是最适合人居住的城市。还好，北京的绿灯时间较长，我们熬来了一个又一个绿灯，终于在晚 7 点赶到了五棵松体育馆。而此刻，刘文正和袁健已经在体育馆外的寒风中等我们一个多小时了。

这是我带着林子贺第三次看摇滚、第二次看崔健。对于崔健，他并不感冒，他感兴趣的是能和爸爸在一起。为了奖励他，我给他买了荧光棒。

此时，五棵松体育馆外已是人头攒动，我们没找到等候我们的两位兄弟，当务之急要先解决门票的问题。入口外的黄牛很多，好像也是有组织的，价格都差不多。我和儿子像逛市场一样，问了几个黄牛，最终花 700 元买了两张原价 980 元的首层看台票。当我把 7 张百元大钞点给黄牛时，子贺惊讶地瞪大了眼睛，他估计在想，爸爸花这么多钱带他看摇滚，他再也不能像前年去上海看怒放演唱会时样，一进场就呼呼大睡了。

四

晚7点30分，我和儿子在体育馆南门入口处终于见到了刘文正和袁健，他们也是从黄牛手中买的票，三层看台，每张580元。相比他们，我买的票便宜多了。

这是我第一次见袁健兄弟，和他通过网络和电话交流了一年多，感觉他思想很成熟，见了面才发现他长得如此年轻，难道摇滚能使人永葆青春？

在首层看台入口处，我做了一回"投机分子"，我对检票员说，这是我的两个朋友，他们买的是三层看台的票，不如让他们和我一起在这里看吧？惊讶的是那检票员居然把我们放行了！生命中处处有奇迹，关键是你敢不敢去争取。

这个细节让我想起了17年前我在西安上学时看零点乐队的演唱会，那时作为一个穷学生，我连低价票都买不起，我对看门的一个武警说，我是个大学生，没有钱，买不起票，但是我太想进去看了！那个好心的武警大哥居然放我进去了！

我带着儿子和文正、袁健刚在首层看台坐下，演唱会就开始了，十几块白色的布条缓缓拉起，一身黑衣、头戴白色帽子的老崔开始演唱第一首歌。我那时激动的心还没安定下来，每个座位上都有一块红布，我给儿子系在头上，自己也系了一条，等忙活完了，居然没听出第一首歌唱的是什么，我问身边的文正，刚才唱的是《宽容》吧？文正兄惊奇地看着我说，是《不再掩饰》啊！我的脸顿时红了。

五

《不再掩饰》是我超喜欢的一首歌，也是老崔本人很钟爱的一首歌，记得 2010 年上海怒放演唱会时，崔健只唱了两首歌，一首是《超越那一天》，另一首就是《不再掩饰》。连这首歌都没听出来，的确令自己汗颜。这首歌先缓后急，非常有力量。其实，我一直认为这是一个男人在失恋后向他曾经深爱的女人表达愤怒的一首歌曲——"我的眼睛将不再看着你，我的怀念将永远是记忆，我的自由也属于天和地，我的勇气也属于我自己。""我不可怜，也不可恨，因为我不是你"。崔健用这首歌表达了一个"失恋男人"的尊严，也用蕴涵的力量打响了开场的第一炮。

唱完《不再掩饰》，崔健一句话都没说，紧接着唱第二首歌《不是我不明白》。这是我 18 年前就听到的一首歌，当时听的就是 1990 年北京演唱会版，最喜欢崔健在结尾处说的一句："谢谢"，非常干脆和潇洒，而这次崔健也在歌曲的最后说了句："谢谢"！然后他开始他的开场白："朋友们大家好！不是我不明白，这世界变化快，变化的是什么，我们心里都明白！"

看崔健演唱会不仅要听他唱什么，更要听他说什么，崔健在演唱会上说的很多话都像他的歌词一样，饱含深意，耐人寻味。他接着说，"下面，我要用 1985 年我写的一首歌《最后的抱怨》来代替我本来要唱的另一首歌。我 10 年前以为就要结束抱怨。有一些人说摇滚是社会不稳定的因素，我要说摇滚乐是社会稳定、平稳的因素！"

《最后的抱怨》是他所有歌里最有力量的一首歌，古筝是这首歌力量的源泉，可惜现场乐队里没有古筝，所以力量比原先的版本要弱一些。这首歌最出彩的地方是他用假嗓子唱的那一段，而现场演唱这一段时居然失声了。是崔健的嗓子唱不出来了，还是话筒的问题？老崔是个很严谨的人，看了这么多场他的演唱会，话筒可从未出现过问题。

不过，这点小小的故障并没有影响他的演出，他唱完这首歌，演唱会气氛骤然升温，"我不知到底为什么愤怒，可这愤怒给我感觉！"接下来唱《从头再来》时，崔健让大家都站起来了！他说，摇滚无末日，因为我们已经死过一回了，就让我们死去以后，从头再来！

六

《南方人物周刊》317 期以崔健为封面，在《崔健：顺流而下，逆流而上》一文中说："这个时代像一列火车，我们已经很难追上它，而崔健始终和它并行"。我想，崔健之所以能引领时代潮流，就是因为他身上这种从头再来的勇气。

是的，不是每一个人都有从头再来的勇气。生活在现实生活中的我们，总有许多不如意，总会遇到很多困难和挫折，在失意时不低头，在困难面前不气馁，始终积极向上，敢于从头再来，这就是崔健这首歌带给我们的精神内涵。

现场的观众，不管是懂不懂崔健的（很多观众都是拿赠票进来的），全都站起来了，这正合了文正的意。因为入场后，除了急匆匆去了趟厕所，他就基本上没坐下。他是一个坚持站着看崔健演唱会的人。其实，每一个真正的"崔迷"都认可这一点。站着才有激情，站着才是对老崔最大的支持！文正站在走廊上，一边挥手一边跟唱，后面有观众提意见，他就蹲在台阶上。我心里想，这个哥哥好有意思，宁肯蹲着，都不坐着！看来老崔以后搞演唱会要设"站票"，专门卖给文正这样的人。

林子贺也不愿坐着，他最关心的是我给他买的三根荧光棒被文正伯伯给弄丢了一根，他满地找了半天都没找到，一脸的失望。后来他也被文正的热情所感染，站在文正前面，挥舞着两根荧光棒。我在想，十几年后等他真正喜欢上崔健后，会不会因为现在的无知和懵懂而后悔？但是，至少有一点是值得他骄傲的，那就是崔健曾经的盛会，7岁的他就"到场"了！

"到场"真的很重要，参加别人的婚礼或是葬礼，别人真正需要的不是你随的礼钱，而是需要你的"到场"，捧个"人场"很重要。对于演唱会而言，与其在家中摇旗呐喊，不如赶到现场，真正的用行动支持一把崔健。

入场后，袁健坐在前面一排，就不怎么理我了。我心里还在埋怨，这位兄弟真不厚道，见了崔健就把朋友忘了。后来才知道，他一边用他的单反相机抓拍精彩瞬间，一边用他的苹果手机在崔健百度贴吧里现场直播，和朋友们"炫耀"他"到场"的骄傲，他一刻都没闲着，哪有时间顾上和我说话。

这个兄弟可真够心细的，他居然抓拍到了坐在内场的姜文和唐师曾。姜文是我最喜欢的一位导演，不仅仅是因为他有思想有才华，更重要的是他也喜欢崔健。几年前崔健演唱会彩排时，他曾带着女儿去探班。骨子里他和我一样，也想让自己的后代成为老崔的铁杆粉丝。唐师曾不用多说了，大家百度一下就知道，超牛的一个人物，此刻光头的他，倒是很像少林寺方丈，拿着比袁健贵几十倍的专业相机在内场里恣意拍照，首层看台上的袁健，也只有"羡慕嫉妒恨"的份了。

七

崔健把"从头再来"的精神还运用到演唱《蓝色的骨头》的过程中。这是本次演唱会的主题歌，为了唱好这首歌，崔健请来了一位"大腕"——"我拍了一部电影叫《蓝色的骨头》，故事是建立在《迷失的季节》这首歌上的。下面我将为大家请上代表我们那个时代的歌手毛阿敏。"毛阿敏身穿一身军服上场，与崔健合唱《蓝色骨头》。也许是事前没有排练好，崔健乐队的鼓手贝贝开始唱《蓝色骨头》时，毛阿敏却在唱《迷失的季节》，现场有点混乱。崔健这个时候果断地喊停，示意乐队停下重唱，"我们应该再来一次，我们迷失在节奏里了。"现场观众对老崔这一认真负责的举动报以热烈的掌声。

其实这个细节正好是老崔人格魅力的体现，他是个较真的人，也是个认真的人。他是一位追求完美的艺术家，他对艺术的追求来不得半点儿马虎。现场我还注意到，每唱几首歌，他就换一把琴，由他的琴师对琴重新调音。这就是崔健，这就叫认真。

崔健和毛阿敏的合作算不上完美，但是他和《中国好声音》学员袁娅维的初次合作却很顺利。袁娅维在《中国好声音》学员中算不上最抢眼的，但是老崔慧眼识才，他选择了袁娅维作为演唱会的助演嘉宾，与之合唱了一首新歌《鱼鸟之恋》。崔健说，当一只鸟爱上一条鱼时，这只鸟一定是孤独的，因为没有一条鱼会爱上一只鸟；当一条鱼爱上一只鸟时，这条鱼一定是多情的，因为它的爱永远不会实现。当我们唱这首歌时，我希望大家能创造一种气氛，就是两个完全不同的领域的人，能产生一种爱心。特别是在摇滚音乐的场子里，不管我们生活在什么年代里，我们也许名声并不好，有许多人认为我们是麻烦的制造者。但是我们的音乐响起时，大家会知道，我们就像一只孤独的、富有爱心的、热爱自由的鸟儿。

每次演唱会听到崔健唱新歌时，都很想知道歌词是什么，可惜这首歌的歌词到现在我也没搞到。对于崔健的新歌，需要对照歌词反复听，才能理解。所以在现场，只能看个热闹，图个新鲜。

袁娅维的嗓音有如天籁，在这首歌里扮演"鱼"的角色。唱完之后她与崔健深情拥抱，并对着话筒大声说了句：我爱崔健！全场一片沸腾。

八

现场更多的人是把这四个字埋在心里。坐在首层看台上的我，更多的是冷静地看待这一切。对崔健音乐和崔健精神的追求已经远非"我爱崔健"这四个字能够表达。其实，从 1994 年最早接触崔健的音乐以来，我时常也在问自己，究竟喜欢崔健什么？我想，除了音乐本身带来的感官上的享受，更重要的是喜欢他的歌声带给我们的一种真实和自由的力量。

摇滚乐最大的特点就是自由和真实。崔健有很多歌词都直抒胸臆，如《混子》《另一个空间》《蓝色骨头》，唱出了我们有时想说，但并没有说出来的话。比如，近来我经常在车里听《北京故事》，里面一句歌词令我感触颇深："突然一个姑娘带着爱情来到我的身边，就像一场革命把我的生活改变。"唱出了爱情对一个人生命的重要。这首歌里还有一句歌词"唱了半天，还是唱不干净这个城市的痛苦，可痛苦越多，越愿意想象明天的幸福。"对美好生活的追求是每个人都有的，爱情会把我们从痛苦中救赎，令我们的生活彻底改变。

崔健在现场演唱了这首《北京故事》，而且还在舞台后面的 LED 大屏幕上打出了这首歌全部的歌词，可见他对这首歌歌词的自信。崔健的歌词总能让人常悟常新，当它恰好契合了你的人生经历时，你才能真正领悟它。崔健还喜欢"秀"另外一首歌的歌词，那就是著名的《时代的晚上》，从 2011 年元旦到济南演唱会，再到 2012 年五棵松，崔健都是毫无保留地把这首歌的歌词打在屏幕上，让歌迷们一边看着一边听着，十分过瘾。其实，我觉得是老崔想让那些不太了解他的观众看的，因为这是他的经典之作。

这是一个男人对一个女人的真情告白，是一种发自心底的力量。我始终认为，撕心裂肺喊出来的歌不一定最有力量，只有震撼人心灵、直逼人魂魄的歌才最有力量——"你无所事事吗？你需要震撼吗？可是我们生活的这辈子有太多的事儿还不能干哪？""情况太复杂，现实太残酷了，谁知道忍受的极限到了会是什么样的结果？""别看我在微笑，也别觉得我轻松，我回家单独严肃时，才会真的感到忧伤。"

18年来，崔健的这些震撼人心的歌词一直在我的内心跳跃，陪我度过了悲伤，也走过了喜悦。人生如其所言："活着要痛快加独立，才算是有意义。"有时生活遇上了难处，会想起他那句："谁说这事真难，那谁就真够笨的，其实动点儿脑子绕点儿弯子，不就把事情都办了。"有时思考婚姻，非常认同他那句"爱情就是自由加上你的人格。"有时执迷于写作，会拿他那句歌词来安慰自己："要干我最喜欢干的，不管挣钱多少，其实我就是一个写字儿的。"但是"只要我有笔，谁也拦不住我。"

崔健总在不经意间说出一些生命或生活的真谛，因为他是一个勤于思考的人，据他的经纪人尤尤介绍，他不抽烟、不吸毒、不酗酒，喜欢读书和思考，经常在夜里搞创作。"他有超乎常人的精力，有时候我甚至怀疑他是不知疲倦的。他无时无刻不去思考和发现灵感，一有想法，他就会召集大家开会，然后生龙活虎地说着自己的想法。"

著名哲学家周国平也是崔健的好朋友，两个人 10 年前就曾合著《自由风格》一书，非常热销。这两个人都是我大学以来的精神导师，如今他们又共同补充了新的内容再版发行，原本要在演唱会现场发售的，因为种种原因没能成行。崔健在书中表述了他对于音乐、艺术、人生、社会等领域诸多现象和问题的见解，表达了他对生命本能的关照和对内心精神的追求。

他在书中说："我觉得我有这样一个恐惧：个人害怕群体，就像人们怕谈论政治一样。说到这，有人会觉得我鲁莽，总是哪壶不开提哪壶。但这就是恐惧的一部分，因为我已经开始想我自己有没有问题了，并且试图挖掘我内心深处恐惧的根源，同时也观察周围的人是否会有同样的恐惧。我后来意识到，这种解决恐惧的方式是对的，是和平的。摇滚乐能起到这种作用，让人用简单的方式去表达，简单地去交流，但不要用简单的方式去思考。"

因此，在我眼中，台上充满激情和力量的崔健不仅仅是一个歌者、艺术家，更是一个敢于说真话的思想家。

九

崔健已经 7 年没出新专辑了，究竟是创作力衰退，还是准备厚积而薄发？只不过这"厚积"的时间也太长了些。如其所言，艺术家任何时候都只拿作品说话。所以在演唱会现场，我更关注他演唱的新歌。

除了《鱼鸟之恋》，他演唱的另一首新歌叫《out side girl》，中文名字叫《外面的妞》。其实，这也不是一首新歌，早在2007年的丽江雪山音乐节上崔健就曾唱过了，2008年老崔又把它作为奥运歌曲，献给北京奥运会。最搞笑的是，今年9月电影《白鹿原》西安首映式上，这首歌又被媒体称作崔健为女主角张雨绮量身打造的歌——《田小娥之歌》，令张雨绮狠狠感动了一把。

也许是崔健给这首歌加入了许多陕北的元素，他在演唱这首歌之前说了很长一段话，提到了"黄土高原"，然后说这首歌的歌词有一半都是英文，我本来英语就不好，真担心听不懂，但歌词其实还是挺简单——"你带我离家出走，不管路长久……"

单看歌词，很有点黑娃唱给田小娥的味道。这首歌我从北京回来后反复听了几遍，没能真正听明白。著名乐评人李皖这样解释——"历史上只有极个别的人，能够使时代主题成为他的创作。具有这种雄心和严肃目标的人很多，但崔健是这么长时间以来表现最好的。用他的话说，他'选择了一个最有分量的对手'。他一直力图找到这个时代最大的主题，对这个主题进行言说。"

跟之前的历次演出一样，新歌的现场氛围中规中矩，而那些经典曲目，从前奏开始就能从头到尾引爆全场。崔健当晚还唱了《假行僧》《一块红布》《投机分子》《像一把刀子》《快让我在雪地上撒点儿野》《飞了》《一无所有》等老歌。值得一提的是《投机分子》虽然是老歌，但在他近年的演出中不经常唱，所以这首歌令大家很新鲜，掀起了一个小高潮。现场的崔迷都在跟唱里面的经典歌词——我们有了机会就要表现我们的欲望，我们有了机会就要表现我们的力量！

崔健用《超越那一天》来介绍乐队成员并作结尾。这是献给香港回归的一首歌曲，几乎是崔健逢场必唱的曲目。他这次并没有像以前演出一样，请一些姑娘上台一起合唱（可能是场地安保不允许），而是让现场的女同志都站起来，男同志都坐着。我此时惬意地坐着，看着旁边不懂摇滚的大妈也在跟着崔健的音乐摇摆，心里那个乐！刚才她还在像看动物一样"偷拍"我疯狂的样子呢，现在该轮到我拍她了。

在大家齐声呼喊下，崔健返场唱了两首歌曲，《新长征路上的摇滚》和《花房姑娘》，这两首歌我都听了 N 遍了，所以没有太大的兴奋，倒是觉得老崔返场时穿的那件红袍子很喜庆，像个新郎官一样，和吉他手艾迪的红外套很搭。最有趣的是唱《新长征路上的摇滚》时，崔健不但跑到舞台边上和四周的观众挥手示意，最后还蹲在舞台前面，示意大家都坐下，小声跟他唱"1234567……"这个动作大家都明白，摇滚这种音乐形式受压抑太久了，大家似乎从瞬间理解了他这么多年走过的艰辛的路。最终他突然一跃而起，撕破嗓子喊"1234567……"，全场的热情跟着他喷薄而出。

十

我不停地看着表，老崔从晚上 7 点半唱到 10 点，两个半小时一刻未停，始终保持旺盛的体力，返场时嗓子有点哑了，但他还在坚持。这哪是一个战士，简直就是辆永不停歇的"战车"！我问文正，老崔都51岁了，哪来这么大的体力？文正说，他在《蓝色骨头》的歌词里就告诉我们了——一周三次跑步，加上一次游泳，在运动中想事儿越想越起劲儿！

林子贺这小东西可早就睡了，坚持到9点多的他早就听累了，不停地问我，爸爸，还有几首啊？我说，没几首了，快了！可是，台上的老崔还在不停地唱。子贺注意到那个拉小提琴的突然换了把比他个子还高的大提琴，于是高兴地对我说，爸爸，快看，那个提琴好大啊！说着说着，他就睡着了。

崔健返场的时候，文正和袁健已经跑到首层看台的最低端，距离舞台最近的地方，跟着崔健一起高歌，散场后，我叫醒子贺，我们4个人在看台边上，以舞台为背景合影留念。子贺刚睡醒，还是一副恹恹的样子。

再火爆的演出也有谢幕的时候，崔健告别了这个舞台，还有更多的舞台在等待着他，今年圣诞节他将奔赴上海，与上海的歌迷们共度平安夜。而我们将去往何方？袁健说，跟我去参加崔健论坛的聚会吧！我问，有什么节目吗？他说，论坛的歌迷们要把今晚老崔唱的歌再唱一遍！

这句话极大地刺激了我。我先把子贺送回宾馆休息，然后匆匆赶到了他们聚会的地点——位于北京望京的爱情七号餐吧。这是崔健的前贝司手刘君利开的店，据说崔健也是常客。袁健和文正已先期到达了这里，袁健把我迎进门，并帮我交上了活动费用，我心想，这次可终于找到组织了！

十一

餐吧聚会吃的是自助餐，由于我中午和晚上都没吃饭，肚子实在是饿坏了，坐下来先埋头吃了一顿。等我吃饱时，餐吧二楼的演出厅已经聚满了人。我在人群中发现了一张熟悉的面孔，令我兴奋不已。他就是我从未谋面的飞鸟大哥，飞鸟大哥自去年看过我的《去北京朝圣的路》一文后加我为好友，一直在关注我的文字。真是"天涯何处不相逢"，他也认出了我，他惊讶地说，你不是说不来了吗？我说，我还是按捺不住，来得匆忙，没来得及给大哥汇报。

飞鸟大哥是位资深"崔迷"，和崔健论坛的很多成员都很熟悉，他还是这次演唱会的工作人员，在之前召开新闻发布会上与崔健及崔健的经纪人尤尤都有过合影。正和大哥谈话间，袁健兄弟领来了两位论坛重量级人物和我见面，一位是坛主拉拉大姐，一位是老 B 乐队的队长老 A。

久闻拉拉姐的大名，袁健向她介绍我时，拉拉姐想了半天也没想起来，毕竟我在论坛一点都不活跃。老 A 我也是第一次听说，袁健说他是老 B 乐队的灵魂人物，他们乐队主要翻唱老崔的歌，老崔简称老 C，所以他们是 ABC。这个介绍把我给逗乐了。

晚上 11 点半,老 B 乐队的演唱开始,两个主唱污泥和草稿轮流演唱了崔健的《解决》《新长征路上的摇滚》《北京故事》《盒子》《这儿的空间》《投机分子》《像一把刀子》《混子》《红先生》《舞过三八线》《花房姑娘》《无能的力量》等歌曲,还演唱了子曰乐队最著名的歌曲《相对》。这是一个更为宽松自由的环境,大家一起跟唱,把在演唱会上没过足的瘾都在这里过足了。当《彼岸》一歌的旋律响起时,我也忍不住上前抢到话筒,吼了两嗓子。

老 A 是乐队的鼓手,他的鼓敲得很棒。更吸引我的是吉他手子键,一个清爽腼腆的大男孩,他的技艺非常娴熟,我怀疑他是不是艾迪的徒弟?两个主唱也非常优秀,最让我敬佩的是崔健的每首歌词都那么长,有的几百个字,他们竟然能全背下!可见喜爱之深。最后,老 B 乐队还演唱了一首他们的原创歌曲《小心眼儿》,这首歌很有"子曰"乐队的味道,把全场的气氛掀到了高潮。

凌晨一点半,我和袁健、文正和飞鸟大哥一一惜别,我们分别来自不同的地方,不同的行业,却能在这个夜晚欢聚,想来真是很神奇,正如崔健歌中所唱:这里是世界中国的某地,我们共同面对着同一个现实,这里是某年某月的某日,我们共同高唱着同一首歌曲!

时间追溯到 1996 年 6 月,在崔健西安演唱会新闻发布会上,我第一次见到崔健并与之合影,崔健还在我的白色衬衫前面题上了他的名字。那一年,我刚刚 21 岁。

16 年过去了,接近不惑之年的我,似乎还保留着那时的那份纯真。此刻，想对崔健大哥说——我们都是跟随你的歌声一路走来，在你的歌声中长大，能有幸和你生活在同一个时代，真好！

（写于 2012 年 12 月 17 日）

书影随行

我读傅爱毛的小说

我是个不太经常写作的人，直到有感而发。第一次读傅爱毛的作品，是在一个深夜。读完《小说月报 2008 年精品集》里的这篇《天堂门》，我被深深地震撼了！在傅爱毛的细腻的文笔下，一个遗体美容师端木玉的形象变得如此的栩栩如生。端木玉的孤独不仅因为职业，还有她天生长相的丑陋。傅爱毛文笔妙在她擅于刻画人物的心理，如文中她用这样的文字描述端木玉："每当捏着小泥人的时候她就会想：上帝在创造人类和万物时，也是这么做的吧。有一点她想不通的是：同样是一个人，上帝为什么要把她端木玉捏得这般丑陋呢？也许是为了使自己心理平衡吧，她捏出来的每一个泥人也都是丑陋不堪的……"这篇小说带给我更多是对人性的思考，对爱与孤独的思考，几天里，我兴奋地把端木玉的故事讲给我的同事、我的朋友，在我向别人讲述端木玉的故事的同时，我发现我也成了一个端木玉。其实，活在这个世界上的每个人，何尝不像端木玉那样，想把自己的快乐或忧伤倾诉给别人听呢？

小说源于现实，又超于现实。在傅爱毛的《遗落在站台上的包裹》一文中，一个火葬场焚尸工伟大的父爱让我再次被深深地震撼！文中德山大伯为了供养上大学的儿子，在火葬场从事着焚尸的工作，亲戚邻居都逐渐远离他，最终连他供养的儿子都不愿与他同吃一顿饭，最终他花了 300 多块钱给儿子买的衣服被儿子"丢弃"在火车站站台。看到这忧伤的一幕，我们为这样一个不孝的儿子而感到愤慨，同时我们也不由得担忧，这种情形下的德山大伯将以怎样的心情去面对今后的生活？

德山大伯伟大的父爱让生活在现实生活中的我想起了自己的父亲，想起了那些上学的日子。在那些逝去的岁月里，父爱是永恒的，傅爱毛的小说为我们诠释了父爱，也诠释的人生的孤独。周国平曾说："不止一位先贤指出，一个人无论看到怎样的美景奇观，如果他没有机会向人讲述，他就绝不会感到快乐。人终究是离不开同类的。一个无人分享的快乐绝非真正的快乐，而一个无人分担的痛苦则是最可怕的痛苦。所谓分享和分担，未必要有人在场。但至少要有人知道。永远没有人知道，绝对的孤独，痛苦便会成为绝望，而快乐——同样也会变成绝望！"每个人来到这个世界上，心灵都是需要一个家的，至少需要一个倾诉的对象。我的儿子今年 4 岁了，3 岁之前，我不大陪他玩，自从他的话语多了以后，我就喜欢听他说话了。有的时候，他看动画片的时候，我在卧室看书，看了一会儿，他就叫我到他身边陪他看电视，哪怕是我一边看书一边陪他就行。看来人天生就是害怕孤独的，有快乐都需要和别人一起分享。

作为 70 后的一代，眼看要"奔四"了，看着儿子逐渐长大，我多么希望他能永远停留在这个年纪，因为他这么小的时候，没有太多的欲望，给他买一个玩具，他就会高兴好几天。每次儿子吵着让我带他去玩具店时，我都尽量满足他，因为花不多的钱，就可以带给他快乐。可是，作为成年人的我们，每天面对各种各样的压力和烦恼，有钱就一定快乐了么？没有孩子的时候，我曾想过有了孩子我一定要严加管教，让他受点儿磨难才可能成才，可是现在做了父亲了，我却一点都舍不得打他，我明白了我的父亲为什么从来没有打过我，也能理解为什么德山大伯能一再地原谅他的儿子："自从儿子写信来嘱托了他以后，他就再没有打过电话给儿子。现在，他更加地不敢了。他想：儿子的女朋友若是知道了自己未来的公爹是个焚尸工，怕是当即就会跟儿子翻脸的。一想到儿子会像那年轻人一样失恋，他的心便像在油锅里煎着一般难受。可他是真的想见见儿子，或是跟儿子说几句话啊。他来到一个电话亭子里，站了好久好久，到底也没敢拨儿子学校的电话。儿子说过了，没有什么特别要紧的事情，不让他打电话。儿子的话对他来说，就如同圣旨一般。他不敢轻易违背。"

在傅爱毛这部作品里，我们读懂了一个伟大的父亲——德山大伯。同时，我相信，我们都有一个像"德山大伯"这样的父亲，在他有生的岁月里，让我们拾起站台上的包裹吧，让我们穿上这身光鲜的衣裳，因为他是父亲用自己的双手和力气为我们挣来的。我们从此知道，这世界上的职业并没有什么高低贵贱之分，每一个努力工作的人都是美丽的。

（写于 2009 年 12 月 5 日）

《婆婆吃了媳妇全家》 读后感

从交流社区一看到这篇文章就被作者的文笔和高潮迭起的故事情节所吸引，所以一边看一边和更多的朋友一起分享，直到今天，看完不知真假的结局。掩卷深思，感慨连连。这篇小说在 2008 年国庆节前后就在网络上引起了不小的轰动，直至今日，也没有从书店看到作者的书和最终真实的结局。其实，最终的结局并不重要，作者说了，故事的 70% 是真实的，正因为这 70% 的真实，我们才读得津津有味，如同在听一个朋友诉说她们家族真实的故事，也正因为有 30% 的虚构，才增加了故事的可读性，激化了原有矛盾，使之更富有戏剧性，让读者在阅读的快乐之余，去细细品味生活原本的真谛。

如作者所言，他是写人性的，对人性本质的还原也正是这篇小说的珍贵之处。如杨战，虽然这样的人物离我们生活很远，但我们大都相信富家子弟的生活就是他这样的，我们从他身上学会了一个名词："始乱终弃"。但是杨战对翡翡的好，也让我们可以理解，毕竟富人也需要真正精神上的幸福，在富人圈里，翡翡的"真"和"善"珍贵得如同冰山雪莲；如王馨的妈妈，作者的剖析也是比较深刻的，"小姨毕竟不是亲妈，感情上要差一些，她最爱的肯定是王馨，而不是翡翡；尤其是外甥女的鲁莽行为害了亲生女儿的幸福的时候，那种对外甥女

的爱就会大幅削弱"，当你读到这些文字时，难道你不会被作者对人性的直白而感到震撼么？还有那个可鄙的神童，他又是多少个心比天高的大学生的缩影，他的悲剧在于不懂得脚踏实地和没有一颗善良的心。大林妈，我对她的评价是可恨、可气又可怜，她的人物形象有点夸张了，但是我们身边确实能找到这样的婆婆，她对柏柏的好是她人性中至善的一面，这在她身上非常的难能可贵，她对大林父亲的容忍、对大林的关爱都能体现中国传统女性可爱的一面，如果她能改掉身上"唯钱是图"的劣根性，我还是支持翡翡回到大林身边的，也许大林身上的懦弱和迂腐你无法饶恕，但是大林那种每天执着到翡翡家和翡翡姥爷家等翡翡的劲儿，还是很让人感动，生活中的我们很难做得到。王馨的爸爸，是个典型的商人，他的手段有些是明显违法的，尽管用来伸张正义，但也让我们看了不寒而栗，我们佩服他的精明和处世的老道，但是他这样的人，处处精于算计，从不吃亏，甚至和亲家也是，他算是社会上的成功人士，但成功人士也有他们的烦恼，世界原本还是公平的。不过王馨爸爸教育女儿的一套理念还是比较可取的。翡翡的爸爸这个人写得比较真实，好像生活中的他应该是这样的，但是他"过"了，他可以再婚，但不能不顾女儿的感受，甚至向女儿索要钱财，他最后那些作为如果是真的，可以说他有了人性的复苏。

还想说说张秀秀这个人，本来挺朴实可爱的一个人，怎么嫁给翡翡的爸以后变成那样了？想想也有这种可能性，作者把她夸张了，但这种转变这也是人性的弱点使然。值得一提的是文中很多骂人的段落很经典，如王馨妈妈骂她姐夫的那段，大林妈骂她父亲的那段，真是把人性的弱点骂得痛快淋漓，让人看了直呼过瘾。

对于"翡翡"，这几天，我开着车，看着大街上的人流，一直想寻找哪一个会是"翡翡"的原型？"翡翡"是个理想化的人物，也许我们身边有"翡翡"这样善良的女孩，但不会像"翡翡"那样善良的彻底，或者不会像"翡翡"那样"傻"的彻底，像"翡翡"那样不爱钱或者是不爱吃醋（文中"翡翡"找明星签名那段是不是有点太夸张了？）。尽管是虚构的人物，我们还是希望更多的"翡翡"在我们身边存在，有"翡翡"这样的同事，我们都是十分欢迎的。文中我最讨厌的是韩经理和公主阁下那样的女人，心计太重的女人，即使外表再光鲜，也不会给她们的老公带来真正的幸福和快乐的。

我认为，文中大少的一句话，揭示了这部小说的主题抑或是最深刻的意义："通过翡翡和大林的婚变，我也感受到了，钱财都是身外之物，转眼散去，欢乐和睦的家庭才是最最可贵的。"还有作者对未婚女子的告诫也是相当深刻的："我写这个故事的目的就是希望没结婚的女孩子一定要脑筋清醒，买猪看圈，如果父母亲戚都反对，就想想父母的话有没有道理，是不是真心为了你的未来着想。父母不会害自己的孩子。如果有的女孩觉得自己够聪明，可以不看，只是希望你以后的每一步都走好。最后一句，结婚前哪怕心里有一点儿的不舒服和疑虑都不要轻易去领证。如果你不是富可敌国，如果你不是美貌绝伦，如果你不是才华惊绝，就一定认真对待自己的第一次婚姻！游戏输了，可以重新开始。人生绝对不能从头来过！当你没了青春，没了年轻，只有一张黄黄的脸庞和满脸皱纹，和一个靠你抚育的孩子以及满心的悲凄和哀伤，还有在婚姻里几乎全部丧失了的积蓄，你拿什么将人生从头来过！"我相信做了父母的都会把这些道理灌输给自己的儿女，因为作者讲的是非常实在和朴素的道理。

总之，看完作者笔下"人性至恶"的婆婆和"人性至善"的媳妇之间的恩怨纠葛，我还是相信，人性是善的，虽然难免有恶的一面，但我们应当抑恶扬善，看薄金钱，善待自己，善待家人，善待同事，善待这个世界，世界也终将会善待你。

（写于 2009 年 2 月 13 日）

我读《明朝那些事儿》

近两个月来，一直吸引我的是《明朝那些事儿》，刚读完《黑话水浒》，兴奋劲儿还没过，逢人便和别人讨论一下《黑话水浒》中的精辟观点，现在我和朋友见面交流的是当年明月和《明朝那些事儿》。

前几天到济南出差，我抽空到了泉城路山东最大的新华书店，《明朝那些事儿》1~7 册依然在最醒目的位置热卖着，而新近出版的《南方人物周刊》也以"写小说，赚大钱"为主题推出了对网络写手的专访。尤其让我没想到的是那个思想深邃、给我无限启迪的"当年明月"居然是一个其貌不扬的 80 后，微胖的身材，清澈的眼神，让我真感到后生可畏，唏嘘不已。

这本书应该是明朝的那些各具性格特色的皇帝吸引了我，还有那些不世出的文官和武将吸引了我，在当年明月笔下，他们被还原成一个活生生的人，他们的人生经历让我们感动和反思。当年明月说："历史这个东西，太深奥了。它都是最高层次的事，我无论身处在多小的房间里，我只要翻开那本书，我就是在看大海，它记述了无数人的一辈子，他们不断地挣扎想出头，想出名，有的是为了正义而奋斗，有的是因为失意而奋斗，这些人，无论他怎么折腾，最后只在这本书里，你一页纸翻过去，就能翻过无数人的一辈子。"在阅读别人的这一生这一页时，同时在思忖自己应怎么做人、怎么完善自己的性格、自己的人生怎么去走，我想这就是无数读者和我一样的阅读动力吧。

当读到朱祁钰因为皇位丧失了人性和兄弟之情、朱祁镇的人格魅力感染了所有看押他的人、无论何时他的皇后都一心一意等待他和陪伴他时；当读到所有的宫女太监都为了保护年幼的朱祐樘而瞒着心狠手辣的万贵妃时；当读到徐阶的隐忍、杨继盛的勇敢、王守仁的才学、胡宗宪的惨烈、戚继光的世故和怕老婆时，我们都读到了人性的光辉，历史不仅很好看，历史上的人物也让我们很感动。

朱元璋的残暴让我很愤慨，他炮制的四大冤案把全国上上下下官员都快杀光了，弄得人人自危，血雨腥风。当年明月说："就这么多人，几十万人，这句话，你觉得特普通对吧，很普通是吗？但是，你如果把它化成一个场景，你就知道它很可怕。几十万人，他们都有性命，也有父母，也有妻子，就没了。"明朝的言官制度很值得我们借鉴，明朝能够延续276年，这一开明的批评和监督制度起了很大的作用，如果我们的社会有这些不惧死，不图名利，敢于弹劾任何人任何事、前仆后继的"言官"，也许我们的社会会更添几分和谐与稳定；明朝的科举制度让我刮目相看，选拔制度的公正和严明，使得真正的人才脱颖而出，演绎了这些惊心动魄的大事；中国的历史实际上是一部汉族与少数民族的融合史，这本书里有很多笔墨都在写战争，这使我们在战争的血腥背后更加珍惜现在各民族团结的局面。

明朝这个朝代不显山、不露水，强势的皇帝也就是朱元璋和他的儿子朱棣，加上内忧外患，居然存活了 276 年，在看这本书前，我只知道个首尾两个皇帝以及嘉靖和海瑞，而如今，却知道了更多，也懂得了更多。如同当年明月所言："这个世界上有很多人很多种选择。最低的是温饱，然后是利益，就是钱，超越钱的，是名望，权力，但是在超越这些所有东西之上还有一样东西，叫智慧。你到这个世界上来，你应该有这样一个觉悟，就是你终究是要死的，这就是一个人他很悲剧的，他无论多厉害，无论多牛，无论多么嚣张，他都要死的，他都有终结那一天。那么在这段时间里做什么呢，不断地看书，懂得这个世界的很多东西，知道这个世界的规律，那是一种无比的喜悦，狂喜。"

感谢当年明月，这个 10 岁就通读《二十四史》、大学时代耐得住寂寞并最终学会用心灵写作的人，也感谢当年明月笔下的那些栩栩如生的历史人物，虽然他们都已远去，成为了历史书上的一张纸或者是记述中的一句话，但他们的故事让我们知道了什么是伟大的人格、什么是光辉的人性以及什么是性格决定命运。

（写于 2009 年 9 月 10 日）

我看《唐山大地震》

昨天晚上从电脑上看完这部近期很火的电影，有很多感慨。之前看到很多人在指责这部影片，什么商业化啊，片名不对啊，如此种种，我不是职业影评人，不想就影片本身说些什么，只是针对故事中的人物发表一些自己的看法。

我的妹妹是唐山大地震那年出生的，我长她一岁，1976年唐山地震时我还在摇篮里，所以看到影片一开始营造的1976年的社会生活场景时，感觉很亲切，如果能够时空穿越，我真想回到那个年代看看摇篮中的我和刚刚出生的妹妹。而这个故事的主人公就是地震中的姐弟俩，按年龄推算，应该比我大四五岁，因为那个时候，他们已经可以坐着他爸爸的大卡车满处跑了……姐姐和弟弟的感情是很深的，地震之时，两个人都被压在石板底下，逼得妈妈必须要做出选择。妈妈在万般无奈的情形下，说出了"救弟弟"三个字，这在姐姐方登心里留下32年的阴影。

我首先想说的就是这个心理阴影。作为方登，应该原谅妈妈，大灾之下，不是妈妈不爱你，是妈妈迫不得已，而你，在醒来后，竟然默然地看了一眼旁边躺着的已经死去的爸爸，没有哭一声，也没有抱一下爸爸，就默然地跟着人群走了……我在想，大灾大难之下能把一个五六岁的女孩子变得如此冷酷无情么？五六岁的孩子还不知道那么多的爱与恨，所以她那时本能的反应应该是去摇醒爸爸或喊妈妈，兴许她就会被邻居发现。这个故事从一开始设计就有问题，所以才有了以后的许多不可理解之处。

不可理解方登对养父母那么冷漠。陈道明扮演的养父演得很到位，让我觉得他是一位很伟大的父亲，也是一个可怜的父亲，他的可怜来自于养女方登对他的冷漠，怀了孩子退学后一连10年都没去见她的养父，这个地震遗孤内心够狠的，所以当我看到陈道明在和一群老年人在一起练习合唱《走进新时代》时，我真的觉得他很可怜，那么用心收养的女儿，得到的却是这样的结局！陈道明对女儿发火那段很真实很感人，换了是我，可能几个巴掌都打过去了。方登不是个正常的人，从小就不正常，她内心可能不知道什么是爱。养父养母很伟大，他们全心全意地对她好，她却没有用爱来回报。养母临终嘱托那段，我流泪了，被她那番真诚的话语感动了。他们曾经是个很好的解放军军官家庭，在自己有精力有实力时收养了地震孤儿，用心地照料她，却没有换来她的理解和感动，方登两个暑假都没回家，和自己的男朋友厮混在一起，这是怎样的没良心！还因怀孕辍了学，辜负了父母的重托，她后来命运的多舛是因为她做事太偏激造成的，后来找了个大她16岁的外国人，真是为她寒心。32年的苦是她自身心理不健康造成的，如果早一天相认，她可能早和妈妈弟弟团聚了。

不可理解方登妈妈（元妮）对自己的苛刻（近乎自虐）。的确，没了才知道什么是没了，大灾过后，我们应保持对亲人和爱人的怀念，但是，我们不能总活在对过去的怀念之中。我认为，一个人遇到大灾大难之后，最重要的是减少损失，不要让灾难在今后的生活中延续或复制。前段时间去云南旅游，一个女同事9000块钱被偷了，我劝她：在人的一生中，9000块钱是小事，不要因为丢了钱而影响你今后的行程和旅游的心情，否则，你损失的将会越多。不幸过后，人一定要更加善待自己。

32年的青春岁月，元妮把自己的一辈子搭上了，唐山大地震不但毁了1976年的她，也毁了此后32年的她。其实，那个修理工除了性子急些，各方面还是蛮适合她的，可是，元妮心里面，那扇重生之门，已经紧紧地关上了。面对灾难，及时调整自己的心态，积极地面对生活，是非常必要的，大强在天之灵，最想看到的也一定是元妮快乐地生活下去，而不是为了报答他苦待了自己。

唐山大地震，24万人遇难，到今天34年过去了，很多地震中幸存的人也有一些陆续离开人世了。从这部跨越30多年的片子里，我们看到了生命的短暂，也看到了在灾难面前，我们的生命个体是多么的弱小和无力。我看过钱钢写的纪实报告《唐山大地震》，地震前很多的征兆都没有引起人们的注意。灾难发生后，重要的是挽救心灵，重塑自己，重新选择自己的生活，而不能只活在对灾难的回忆之中。写此文时，我的儿子正在旁边玩耍，他不知道此刻他的爸爸在写什么，在想什么，他也不知道什么是唐山大地震，什么是灾难，在他此时的心里，只有快乐。其实，从影片的氛围里走出，看着健康快乐的儿子，我在想，活在当下，珍惜现在，争取快乐地过好每一天，对我们普通人来说，比什么都重要。

（写于 2010 年 8 月 20 日）

现实，远比电影要精彩

——电影《战狼Ⅱ》观后感

2017 年已经进入 8 月盛夏，台风绕道而行，让我更感到这个城市的可贵。这座曾经以中国第二大油田著称的城市，如今也在经济前行的路上困难重重。成立项目部、暂时离岗、鼓励创业，人活着，总要奋斗，不能"坐吃等死"。很多职工选择汽车代驾这个行业，骑个能折叠的小自行车，将客户送到后，无论多远，都要骑回家。有一天，雨下得很大，当我开车看到一个油田职工代驾滑倒在雨中时，心酸不已。

每一个人都在坚强地生活。即使不能活得很好，至少能勉强活下去。钱越来越难赚，领导对工作的要求越来越高，稍不努力就会被淘汰。老板更难，微信里有四幅漫画图在说老板们今年的处境，能赚出员工的工资就是好企业了。老板其实在为员工打工。

有位叫张五毛的兄弟写了一篇文章《北京，有 2000 万人假装在生活》，一夜之间近千万阅读量，他只是像《皇帝的新装》里的孩子说了几句真话而已。我看了很多反驳他的文章，都如此牵强无力。人家说得多对——北京的同学们，你们一年聚几次？答曰：你来几次，我们就聚几次！

我在想，200 万东营人是不是也在假装生活？显然不是。三四线城市生活压力显然没有北上广深这些城市那么大。但是，提一个问题，假如你急用 5 万元钱，想想身边的同学或朋友，你能找到一个可以张口的人吗？即便是借 5000 元，这个问题恐怕也一样难于回答。有位同事带着自己 4 岁的女儿到北京游玩一圈后回来说，即使有人在北京白送我一套房子，我也不会在北京待。另有一位老同事夸他的儿子在北京每天能赚万把块钱，即便如此，在北京买套房子，他还需要奋斗 4 年。

同样是人生百年，在哪呆不是呆着？外国的月亮并不比中国圆，因为在某些国家，月光下你都不敢出门。我们每天看电视新闻，时不时的恐怖袭击新闻让我们吃惊到麻木。如果出国走一走，多了解一下外面的世界，那时候你会庆幸自己的护照是中国的，你会庆幸自己是中国人，有一种安全感，叫我在中国。吴京的《战狼Ⅱ》票房大卖，告诉我们，我们并没有生活在一个和平的年代，我们只是幸运地生活在一个和平的国家而已。

现实，远远比电影中要精彩。那个印度影星阿米尔·汗，成功拍摄并主演了一部爱国励志片《摔跤吧，爸爸》，令无数国人感动得落泪。现在，这个国家却不自量力地和我们在较劲儿。朱日和阅兵的潜台词是，不是打不起，也不是打不赢，还是劝你别死磕硬汉，洗洗睡吧。

回到《战狼Ⅱ》这部国产影片，在这种复杂的国际形势下上映，必然切中了中国人心底的东西。豆瓣上找茬的太多，任何一部电影都能被人找出问题来挑剔。而我却没有理由去指责这部吴京很努力的作品。美国队长是孩子们的偶像，吴京却是我心中的男人。有人一提爱国、主旋律就受到冷嘲热讽，这正是这个社会浮躁所在。当一个国家乱了时，不会指望有一个英雄的吴京来拯救你。而只有国家强大，才会有影片中"国旗好使"的场面。电影总是理想化的现实，英雄没有倒地，战狼仍在雪地狂奔，有句话叫作"犯我中华者，虽远必诛"。

今年五四青年节，单位组织了一个极有意义的活动，参观莱芜红色教育基地。这个国家级的教育基地其实有两个纪念馆，一个是抗日战争纪念馆，一个是莱芜战役纪念馆。第一次看到日本鬼子在侵占山东时的暴行，实行大屠杀、无人村战略，令我内心震颤不已。宁做太平犬，不做乱世人。有时我在想，假如我生活在那个时代，会怎么办？不反抗是死，反抗也会死的情况下，我也会投身到抗日大潮中，与日本鬼子誓死一搏。有的革命烈士，连个名字都没有留下。站在那面阵亡烈士墙面前，除了震撼，我真心感觉到活在当下，真好。

尽管，生活有诸多不如意，但是我们可以不断学习和努力。与其抱怨生活，不如反思自己。与其好高骛远，不如学会放下，从头再来。

吴京在一次演讲中说，我的人生最不怕从头再来。他8岁就拿全国武术冠军，14岁时曾经下肢瘫痪，18岁时又遭遇右脚骨折，曾经是卖衣服练摊的小贩，曾经是默默无名的港漂，他一次次从零开始。电影帮他找到他人生的意义，他要拍出中国的硬汉影片，后来他找到"军人"这个最好的表达载体，在特种兵部队服役两年、准备六年，才有了我们今天看到的《战狼》系列。他说，成功并不属于有准备的人，而是属于一开始就勇敢面对挑战，迎难而上，并且坚持不懈的人。

读一万本励志书，都不如一次脚踏实地的行动来得实在。炎炎烈日，我躲在屋里，本来不想写鸡汤文，到头来还是看着像"鸡汤"。从不到百年的历史尘烟里飘出来的，不是"鸡汤"，是一方入骨入髓的"药剂"。对于那些对"爱国"都麻木的人们，我只想说，你有病，我有药。

（写于 2017 年 8 月 6 日）

世间再无单田芳

昨天是 2018 年 9 月 11 日，一个挺特殊的日子，下午 5 点左右，单田芳老师去世的消息开始在微信朋友圈里被刷屏，看到这一消息时，我心情格外沉重，作为单老的亿万听众之一，我更像单老的亲人一样关注这一事件，看了很多新闻报道和怀念文章，有一句话，在心头反复叨念，那就是：斯人已乘黄鹤去，世间再无单田芳。

我是一名 70 后，和很多听众一样，我们都是在收音机里最早听到单老的评书，单老沙哑的声音，声音辨识度很强，加上娴熟的评书技巧，我一下子就被他的评书所吸引了。那时，我就在想，这副嗓子真是为说书而生，究竟这个说书人长什么样？

后来从电视书场上见到了单老师，我觉得模样和自己想象中差不多，浓眉大眼，一脸沧桑，一拍惊堂木，且听下回分解！他的评书总是丝丝入扣，每一集都有精彩之处，每一集的结尾都扣人心弦，总能吊起听众的胃口，那个时候，每天半小时的书场时间过得真快，每次都觉得听不过瘾，盼望第二天早一些到来。

那个时候断断续续地听了《白眉大侠》《三侠五义》，被里面的侠义情怀所感染，可以说，我们 70 后一代人的侠义精神的启蒙者，一个是金庸，另一个就是单田芳。他的评书里人物性格各异，他总能用独特的语言把每个人物形象刻画得栩栩如生，而且我相信他本人对武术行当也是精通的，不然怎么会对各种兵器如数家珍，描绘得惟妙惟肖？白眉大侠、房书安、展昭、白玉堂，这些人物形象在单老的评书里活灵活现，也铸就了我们这一代人在成长过程中的英雄梦。

后来收音机逐渐淡出生活的视线，但我们偶尔还会在打出租车时，在车载广播中再听一段单老的评书，这个时候，几乎每一个电台的评书节目都播放的是单老的评书，可见单老的评书，已经受到千家万户的喜爱，"凡有水井处，皆听单田芳。"

我系统地听单老的评书，是近年来手机可以下载蜻蜓 FM 等 APP 后，听评书越来越容易，可以一集一集连续听，不必再等待第二天分解了。这个时候，才发现单老师很勤奋，这些年说了有 100 多部评书，我要从这里面选择最经典的开始听。

我第一部完整听完的是《乱世枭雄》，讲的是张作霖的故事。可以说张作霖的人生足够曲折，但是单老把他的这些经历演绎得更加精彩。在单老的评书里，张作霖九死一生，处变不惊，每到关键时刻，仰天大笑，我甚至怀疑，单老为什么演绎得这么像？是不是他骨子里也是这样的人？

带着对单老本人的好奇，我听完了他的自传《言归正传》，这是单老 76 岁高龄之作，声音虽然不是那么高昂，但是娓娓道来，如自己家的老人，讲述过去的那些故事。听完这部书，才真正理解了单老，更深刻地明白，一位可敬的说书英雄，究竟是怎么炼成的？

单老出身曲艺世家，母亲是著名的西河大鼓演员，父亲是弦师，两人妇唱夫随，原本是多么幸福的一家，解放后却因父亲交友不慎，连累了全家，父亲锒铛入狱，母亲在父亲即将出狱之际与父亲离婚，改嫁他人，这给年轻的单田芳以沉重的打击！原本父母都不希望他说评书，希望他能上大学、从事光鲜的行业，但是阴差阳错，单田芳还是走上了说书的道路。

其实，单田芳从事这个行业是有天赋的，有遗传基因，也有家庭氛围，他最早入门后，成就斐然，一颗新星即将冉冉升起。命运偏偏给他以致命地打击，他被打成右派，被下放农村，遭受精神和身体上的双重折磨。而他，偏偏是不向命运低头的人，他忍受了各种屈辱，不去寻短见，他在感觉自己即将忍受不了的时候，选择了逃离，他精心筹划，成功从农村逃走，四处投奔亲友，最终在长春街头和女儿靠卖水泡花谋生，直到平反昭雪。

这段经历，令我唏嘘不已。最为感动的是两个画面：一个是他在耕地时靠背评书来打发时光，苦中作乐，没有丢弃自己的老本行，所以后来复出后很快能进入状态。另一个是在长春提心吊胆地生活，处处谨慎小心，生活无比勤奋。这些经历，甚至都是他评书里的很多历史大人物都没有经历过的，造化弄人，百般磨难，才成就了一个不一样的单田芳。

单田芳真正的人生辉煌从他人生的 45 岁才开始，那是 1979 年，他得以平反，重返舞台！我今年 43 岁，我经常以单老的经历勉励自己，生命不息，奋斗不止！

即使是重返舞台，单老的人生也不是一帆风顺，从 1979 年鞍山人民广播电台播出他的《隋唐演义》时的一波三折，到 66 岁患胃癌后积极与疾病抗争，最终又重返舞台，单老的人生多灾多难，跌宕起伏，一点都不逊于他评书中很多人物的经历。

单老从他的评书人物中汲取了人生的养分，那就是逆境中绝不气馁，绝不向任何困难低头的精神。他说，人生在世，其实就是一个"熬"字，"熬"不是混日子，而是积极应对困境，努力寻求解决的办法。办法总比困难多。单老身处逆境，不能说书时，靠卖水泡花居然也能养活了一大家人。

这部《言归正传》是一部鲜活的教科书，单老用自己的人生经历告诉我们人生应该怎么活，身处逆境应该怎么度过。这也诠释了为什么他会成为一代评书大师，为什么他的评书那么耐人回味，引人入胜。

如我一样的听众，也在单老的评书里汲取了人生的养分，比如听他演说的《曾国藩》，解读了曾国藩屡遭挫折和失败时，如何练"静功"，如何反思自己的过错，比如听他演说的《童林传》，曾经如胶似漆的主子与仆人如何又反目成仇，他的评书揭露人性、探讨人性，也令我们思考人性。

单老的评书曾陪伴我走过了人生很低迷的一段时光，给予了我无穷的力量，我曾想在有生之年，去看望他老人家，可是噩耗传来，令这个愿望破灭了。但是，此时此刻，亿万的听众，都是单老的门生，我们听着他的评书长大，在他的评书中继续成长，他的评书已经是我们这一生巨大的精神财富。世间再无单田芳，但是有一个声音在任何年代都不会过时，那就是单田芳评书！

（写于 2018 年 9 月 12 日）

青春如影

影子青春

一

　　小时候的我是个什么样的人呢？是我在公厕里如厕，被坏孩子往粪池里扔石头而不敢怒、不敢言的人，是和伙伴们一起在墙上走，不小心走到女厕所，被一个阿姨骂成小流氓后一脸无辜的人。爸爸妈妈一直觉的我在农村生长了五年，脑子就是比油田的孩子笨一些。油田的孩子叫我"小罗"，其实我既不姓罗，也不叫罗，我只知道傻乐。直到在幼儿园我拿到第一个双百回家，妈妈乐了：乐，原来你不傻啊！

　　那个时候，还没学到"猪猡"这个词儿，就这样陶醉于这个外号。那个时候，男女厕所之间的墙上总有一些缝隙，我不明白为什么总有些大男孩喜欢往里面窥视。那个时候，有个邻居的男孩玩滑梯时故意亲了一女孩一口，羞得我满脸通红。我最忿得是，这个男孩也拿了双百回家。我问妈妈，为啥他这么坏也考了双百？妈妈总是笑而不答。我和他一起上小学分到了一个班。他当了班长，我成了体育委员。一年级我们都被评为三好学生。不过，我发现，他自从成了"公众人物"，再也不敢公然亲女生了。

二

那时候，我们是很要好的朋友，好到可以光着屁股嬉戏，一起躲猫猫忘记回家吃饭。他爸爸给他做的 26 个阿拉伯字母卡片像印刷的一样，我很羡慕，他让他的爸爸给我也做了一套。我的爸爸是个工人，他的爸爸是个知识分子，戴着眼镜天天在屋里画图，后来成了我爸爸单位的领导。爸爸于是对我说，没文化，就像我这样，有文化，就能像邻居叔叔那样当领导。于是，我学得努力了些，二年级在班里少先队评选中被选为三道杠的大队长。看到班长才是两道杠，我第一次知道了什么是"扬眉吐气"。

那个时候，学习是很快乐的事情，因为作业也不多，写完作业我们有很多可以玩的，弹溜溜球，捡烟盒玩烟卡，滚铁环，滑冰车，童年的快乐很多，我感觉最快乐的事情是每次期末把三好学生奖状拿回家给妈妈看，次数多了，妈妈都麻木了，表扬也越发不热烈了。有一次，我马失前蹄，没被选上。回到家不知怎么面对妈妈。妈妈没有骂我，可是她的表情很难过，那是我整个小学学习生活中最伤心的一天。我暗下决心，下一次，一定要让妈妈快乐起来。从此以后，我一直是班里的第一名，并且以全年级第一名的成绩，昂首迈进初中。

三

胜利油田 41 中（原供电中学）虽然现在已经不复存在，但当时她是胜利油田中学里的神话，教育质量极高，中考升学率在油田学校里名列前茅，吸引得很多油田基地的孩子都想尽办法转学到这里上初中。我的同桌张伟就是这么来的。我的初中班主任李亚雄老师是他表姐夫，李老师挺照顾他的，让他和我这个班长同桌，让我带带他，没成想，我俩同桌不久，就在晚自习打了一架，把桌子都踢翻了。小罗的胆子也长进了哈，敢打班主任的小舅子！这事挺严重，不过，班里同学谁也没报告老师，李老师至今都不知道。

我们的后面坐着一个奇葩的男孩，他叫陈志波，从不用心学习，只喜欢写武侠小说。这位同学的小说没等写完成名，另一部小说已经在校园里传抄了，那部小说的名字叫《少女之心》。我庆幸当年没有接触这部小说，如果接触的话，就没有以后的神话了。我当时除了学习，痴迷的是《射雕英雄传》，我还读了金庸写的《射雕前传》，后来才知道那本前传不是金庸写的，但是逻辑文风和金庸如此贴近，给了我最早的文学启蒙。我和几个小伙伴组成东邪、西毒、南帝、北丐、中神通、王重阳，经常华山论剑。我们的"华山"就是一个钻井平台，看谁敢从20多米高的平台跳下去。王重阳带头跳了！老毒物跳了！我这"南帝"也英雄般地跳了！那是整个初中最后悔的事儿，在空中飘荡的，是我少年英雄般的梦想和无尽的害怕与恐惧！幸好地上的土还算松弛，我的屁股疼了一个礼拜。那个时候，我终于知道英雄不是那么好当的！为了报复王重阳，我苦练"一阳指"，经常在和他一起写作业时点他的穴位，并终于在一次滑冰比赛中把他推进了冰窟窿，报了一箭之仇。

四

王重阳叫任向阳，长得高大魁梧，一脸正气，相比之下，老顽童却很机智幽默。老顽童叫金海峰，外号叫"阿肥"，是跟随父亲从北京调到油田的，他的智商出奇的高。我们在他父亲的宿舍里胡折腾，用香油炒米饭，用香油炸鸡蛋，直到爸爸喊我回家吃饭。阿肥从不努力学习，却每次都名列前茅，阿肥爱读课外书，却从不读乱七八糟的书，他简直到了百毒不侵，功力出神入化的地步！直到有一天，他屡次拉下电闸被学校发现，才结束他在我们少年时代的神话！那个时候，晚自习突然停电是多么惬意的事情啊！当我们知道这所有的好事儿都是老顽童干的时，心中对他充满了敬意！阿肥在离开我们之后继续续写神话，在偏远的莱州湾边逮鱼摸虾，边考上了胜利油田二中，在二中边看通宵录像，边考上了大庆石油学院，成为那年油田二中普通班里唯一一个考上大学的。天才就是这么炼成的！

五

雷锋是我们那个时代的道德模范。我从小学五年级开始组织学雷锋做好事小组，我向毛爷爷保证那绝对不是装的，那个时代，学雷锋做好事已经是生活的一种需要，我们还不懂得什么叫作装。我们一起借学校的板车去把供电院里的垃圾运出去，我们一起帮助一个残疾的低年级同学拄着拐杖上学，我们的心像水一样纯净。我的副组长是我的同桌李海峰，后来他成为一名油田新闻工作者后，我时常提醒他，要始终保持咱们儿时的那份善良和正义。如今，我对骂雷锋的人有一份天生的敌意，也许你读了很多书，但你不懂得雷锋对我们社会风气的意义，你不懂得雷锋对于70后我们这一代人的意义。任世事变迁，我仍愿意做回儿时那个童真的自己。

童年的很多价值观有可能会影响人的一生。我们的学雷锋小组里有个顽皮的孩子叫胡川，他曾经是个小胖子，我和他是小学同学、初中同学、大学同学。他乐观、顽皮，一路玩到大学，是西北大学学生会体育协会主席、篮球协会主席，直到遇到一位学霸女孩做女朋友，他再也不玩了，天天屁颠屁颠地跟着女友上晚自习。因为女孩的父母都是大学教授，希望自己的女儿一定要找个研究生女婿。爱情的力量是无穷的。胡川从此脱胎换骨，终于在大学毕业后第二年考上了西工大的研究生，后来杳无音信。前几天，我从中央台的新闻里再次见到他，原来他在尼泊尔开了家中餐馆，在尼泊尔遇到大地震的时刻挺身而出，义务为中国救援队伍送盒饭，央视为他点赞。在国内应试教育的今天，越来越多的家长希望自己的孩子考清华、考北大，殊不知让孩子保持一颗善良清澈的心灵是最重要的。胡川从来不是考试中的幸运儿，但他却一直是自己命运的主人，他曾奔赴汶川当义工，在西安协助旅游爱好者自驾车去西藏旅游，他一直活在自己的梦想里，做着自己想做的事情。他才是我们这个时代真正的英雄。

六

初中时代，我是胡川们眼中的学霸，所谓学霸，都有点儿古怪，不太合群。我初中时变得有点儿叛逆，有一次课间操竟然和班主任李亚雄老师顶撞起来，李老师打了我一巴掌。不，是扭了我一耳朵，当着全班同学的面。那是我人生第一次受到羞辱，强烈地伤了自尊，我背上书包想回家，怕爸爸妈妈知道，就躲到了小舅家里。小舅劝我回到了学校，李老师和我真诚地谈了谈，他说："我脾气犟，你这个臭小子比我还犟！"我说："你的几何题讲错了，还拖堂！"李老师笑了，你厉害，回去吧！那次冲突之后，我的体育委员被免了，但还担任班长。我参加了41中越野队，成为一名长跑健将。王重阳也在越野队里，最令他佩服的是，我学习比他好，跑步也比他快，令他望尘莫及。我一路领跑，一直跑到了中考前夕，每天晚上学到半夜一两点，床头上贴满了各种学习计划。当时的目标其实只有一个，就是考取胜利油田一中高中部。我战胜了复读生里的尖子，每次摸底考试都是年级第一，可是心里还是没有底，我问化学老师朱向明老师，我能考上油田一中吗？他说，你要是考不上，你们年级就一个都考不上！那句话，至今想来，都掷地有声，曾经给了我多么大的信心和力量！

七

那个时候，因为政策原因，邻居们都搬进了楼房，只剩下我们一家孤零零地还住在平房。那个时候,父母越来越希望我出人头地,改换门庭。那个时候,这所有的不顺都刺激着我发奋苦读,最晚学到凌晨4点。1990年夏天,当我中考考了全油田第二名的好消息传来时,我安心地睡了一天。而我的爸爸妈妈,兴奋得一夜未合眼。爸爸妈妈请了41中校长和所有老师吃饭,还放了鞭炮,那是我人生中最拉风的时刻,父亲还叫上了矿长赴宴,我知道他的潜台词是你们以后别再欺负俺们家,俺儿子很优秀,总有一天,他会为我争光!

进入胜利油田一中后,我才发现,这里的每一个人都是神话。大家都是各个学校的学霸,所以,来到这里,我的优越感荡然无存。41中应届毕业生里只考上我和另外一个女生,大部分同学选择复读或上技校。同桌张伟考上了中专,王重阳招工当了一名作业工人,邻居家的发小初中学习成绩落伍后遭到他父亲严厉地训斥,转学到油田二中后开始奋起直追。每个人都经历过年轻懵懂的时刻,弯路走过,还有无限的未来在等待着他们。

八

1990年的油田一中,暖阳高照,生机勃勃。在此之前,我不知道罗大佑,不知道童安格,更不知道小虎队。我就是个土老帽。而我的同学们则不然,他们之中既有足球健将,也有文艺天才,我一时间眼花缭乱。

这从来不是一所只注重学习的学校。20世纪90年代更是如此,各种社团、团委、学生会四处招兵买马，我像刘姥姥进了大观园，什么都想尝试一把。从班长到点点文学社一员，从团委的升旗阵地到学生会主席，我体验了电视连续剧《十六岁的花季》里的丰富多彩的高中生活，学习成绩却起起伏伏，始终没能再现中考时的辉煌。

现在看来，以第几名进校和以第几名离开都不重要，重要的是你曾经在这里生活了三年。我无比感激和怀念油田一中的那种氛围，它使你的个性得到张扬，它使你的能力得到磨炼，更重要的是，它让你接触到如此多优秀的老师和同学、师兄师姐、师弟师妹，这些人成了你20多年后生活中最亲的一群人，并成为生命中不可或缺的一部分。

高三时，陈志波带着他的漂亮女朋友来油田一中看我，我当时心想这位文艺哥们能不能陪女孩走到最后？如今，她们的女儿已经上初中了，是很幸福的一家人。

九

岁月流转，时光如箭。时间来到2013年3月，我第一次学会了玩微信。

微信是个很奇妙的东西。它让我痴迷，甚至有点爱不释手。我从手机通讯录里找到了很多同事、朋友和同学，他们也从自己的手机里找到了我。在微信里相见时，我才发现我已经落伍很久了，据说那时的全国微信用户已经超过4亿人。但是晚到并不一定是一件坏事情，它让我通过这种科技手段迅速找到更多想见的人。

当我发微信朋友圈时，我发现很多胜利一中校友给我点赞。正是从那个时候起，我开始感受来自母校胜利一中人给予我的温暖。这温暖明亮而热烈，持久而悠长。

十

作为微信的初学者，我开始学会建群。我先是创建了《岁月有痕》读者和文友群，也建立了自己身边的朋友群。朋友群里，主要是以我的高中同学为主。在这里，我认识了九四届的师妹马莉，也找到同年级的同学赵天舒。一中学生的活跃，在朋友圈里很快显现出来，这使我越来越觉得，一中人应该有个属于自己的微信群，一个校友之间相互交流的平台。

胜利一中微信群就这样应运而生。最早的微信群只能容纳40人，还没等到敲锣打鼓，一中学子最早的微信交流平台就这样开张了！这种虚构的相聚，来源于同学们毕业十几年来没有间断的联系。而这项工作，张强师弟也是厥功甚伟。

十一

张强1991年入校时，我在学生会成员招聘大会上发现了他。他瘦高的个子，戴着眼镜，头发略有点儿卷，文质彬彬的样子。他从学生会监察部做起，一直做到了第六届学生会主席。热情而内敛，低调而踏实的性格不但成就了他高中和大学时代的辉煌，而且使他在青岛大学市场营销专业本科毕业后，从胜利油田胜大超市一个小店的搬运工做起，一路走到了胜大超市集团总经理的位置上，成为油田十大杰出青年之一。对于熟悉他人品和能力的同学们来说，这一切来得都是那么自然。

张强在参加工作后除了经常组织校友间的联系和聚会，也成了同学们与母校的联系纽带，无论是金家民书记，还是史本泉校长，谈起张强，他们都引以为荣、称赞不已。张强还把他们的胜大超市开到了胜利一中新校区。我常常在想，当一中在校的学子们在师兄张强亲自管理的超市里购物时，会不会因为这个缘故，而激发自己学习和奋斗的动力？毕竟，榜样的力量是无穷的。

十二

没有人能够随随便便成功，平凡的人总是给我更多感动。微信群的建立，让我认识了更多的一中校友。随着群聊的深入，大家见面的欲望愈发强烈。4月初，群里就有了第一次聚会。可惜，那天我刚拔了牙，我忍着剧痛躺在家里看群里的直播，心情格外激动。那时的我，像是一个受了伤不能上场的足球队员，只能默默地为队友送去祝福。所幸的是，第二次聚会很快到来，组织者是九四届的马莉师妹。她性格爽朗，待人热情，是个把真诚写在脸上的人。她组织的午餐简约而不简单，大家除了尝到了同学们自带餐食的美味，也记住了马莉同学热情爽朗的笑声。

这次聚会的直接结果是催生了校友二群。一群已满，但是还有很多校友闻风要加入，只能再开一桌。二这个名字不太好听，有的同学自嘲地说，这段时间俺比较二，主动申请去二群！

十三

在微信群里遇到了我的高中同学赵天舒，他的画画得很棒，长得也很有艺术家气质。但他是个不胜酒力的人。有次聚会，他请客，他把自己灌醉了，大家还很清醒。我突然觉得这个同学很可爱，至少他很实在。

实在虽然不可以用酒量来衡量，但是却表达了一种诚意。同学之间，这种诚意最可贵。每天我们戴着面具，行走在人群中间，很多人都已经丧失了生命中原本的诚意了。

有一次天舒来找我，说东营有一场纪念黄家驹的专场演出，给我弄了票，让我一起去看。我欣然应允，因为天舒的热情，也因为家驹这位我高中以来的偶像。

1990~1993 年，家驹的歌风靡一中校园。我们班有位同学叫蒋伟，每天都在宿舍走廊和水房里唱《真的爱你》。起初我以为他是恋爱了，后来才知道这首歌是唱给母亲的。后来蒋伟转学了，他走的那天，我发现我也会哼唱这首歌了。

有一盘家驹磁带的封面写着一句话：一个在任何时代都不会过时的声音。的确如此，多少届一中学子正是唱着他的歌迈进了大学校园，开始了自己的光辉岁月。20 年后重温这样的歌曲，能否使我找回原来那个朝气蓬勃的自己？

十四

2013 年的夏天是史上最炎热的夏天。在我的印象中，只有 1994 年的 7 月与此相比。那时，我第二次参加高考，住在胜利一中史本泉老师家里。第一场考试下来，我说考场太热，出汗出得把试卷都浸透了。史老师说，明天考试时，你带上块毛巾，边擦汗，边答题。正是用这块毛巾，我擦出了弃理从文的道路。

在纪念黄家驹去世 20 年演唱会现场，天舒也递给我一条毛巾，让我擦擦身上的汗。我第一次知道东营还有这样的地方，像一个废弃的工厂厂房，里面堆满了 20 世纪六七十年代的旧古董，而这个地方的名字就叫"大卡"。天舒是这里的熟客，因为这里是东营地下摇滚乐队排练和举办演出的地方。天舒喜欢艺术，搞艺术的人一般都喜欢摇滚。如果说，两者之间有什么必然，我觉得那是有一点，崇尚真实和自由。

20 世纪 90 年代初的一中校园，就有一种真实和自由的气氛。记得我进一中前，根本没有听过什么流行歌曲，当同学们在谈论谭咏麟和庾澄庆时，我总是不知所云。那个时候，通过校园之声广播站我开始接触流行歌曲，那时的我比较"老土"，也颇有点"正义感"，起初听到《让我一次爱个够》这样的歌曲时，内心是极为抵触的。爱，就是一生一世，怎么能爱一次就够？后来，也逐渐被港台音乐所熏陶，让我最初接受的还是小虎队的歌曲。

小虎队是一帮比我大几岁的台湾大男孩们，他们的歌阳光、时尚，用现在的话来说就是充满了"正能量"。每个清晨，我们在小虎队的《爱》的歌声中集合出早操，每个课间，我们听到最多的是《红蜻蜓》《青苹果乐园》这样的歌曲。那时的学生会，喜欢给同学们点歌，我记得我点播最多的一首歌就是《蝴蝶飞呀》。现在想来，油田一中的校园之声广播站真是学子们的心灵之声广播站，那些没有被校方禁锢的歌曲释放了同学们的心灵，缓解了学习的压力，给我们一种自由的力量。如电影《肖申克救赎》里所言，有一种鸟是关不住的，因为它的羽毛上充满了正义和自由的光芒。

十五

这种兼容并包、开放自由的办学环境成就了20世纪90年代初的一中人。那时的一中校园学生社团活动丰富多彩，校团委就有十大阵地，我一入学，就被拉去参加十大阵地成员的招聘。那时的团委书记叫梅旭明，他讲话慢条斯理，很有领导才能。会议结束时，他指着我说，你留下。他和蔼地问我愿不愿意参加学校团委的活动，并让我协助高二五班的班长王小龙负责升旗阵地。我受当时风靡一时的《十六岁的花季》电视连续剧的影响，少年气盛，心比天高，非常爽快地答应了。

在校团委这个平台上，我认识了很多优秀的师兄师姐。九二届五班的盖宝莉既是校学生会副主席，又是团委十大阵地之一的校园之声广播站站长，我们九零级同学入校时，就是她代表在校学生致的欢迎辞。胜利油田一中，是多少油田学生梦想的学府，我们千军万马挤独木桥才进到这里，真想知道，都是些怎样优秀的人在这方舞台上表演啊？

盖宝莉显然是主角之一。她个子不高，文艺、体育都很突出，我特别喜欢听她演讲，这是一种综合的素质，她这样的"女英雄"式的人物在我之前就读的胜利油田四十一中是很难见到的。有时我在想，她怎么能有那么多精力把学习搞好的同时，还能在这么多方面都做得这么优秀？

这源于油田一中从办学以来一贯秉持的素质教育。在油田一中，这种办学思想得以深深地实践和推广。在高一学生的心中，我们既羡慕那些考上清华、北大的师兄师姐，又对盖宝莉这样的校园风云人物充满了崇拜之情。受偶像力量的吸引，我也把越来越多的精力投入到校园的各项活动之中去。可是，第一个学期下来，自己的学习成绩却遭遇了"滑铁卢"。

十六

大卡里面的温度比外面还高，因为这里不但汇集了东营所有的地下摇滚乐队和民谣乐队，还聚集了很多家驹的铁杆粉丝。令我感到惊讶的是，天舒和很多乐队成员都很熟，里面大多是 80 后和 90 后，我和天舒这样的 70 后站在里面，算得上老青年了。我一直期待他们能唱家驹的《农民》，这是我最喜欢的一首，但是他们翻唱了《海阔天空》《光辉岁月》《真的爱你》等歌，唯独没有人唱起这首《农民》。

现在想来，为什么《农民》这首歌如此打动我呢？一是因为家驹低缓深沉的语调，一是因为它的歌词——"一天加一天，每分耕和汗与血，粒粒皆辛酸，永不改变，人定胜天"。这种看似低缓，实则不屈向上的精神境界一直是我 20 年来一贯追求的。

十七

高一第一学期，我从入校时的全年级第二名下滑到班级十几名，班主任姚念泉老师给我敲响了警钟。他说，人的精力是有限的，你干着班长已经够累的了，没必要再去团委参加那么多活动，还是要把学习抓上去。那个时候，我们三班的学习氛围很浓，虽然大家按入校成绩分的学号，但是谁都不服气谁。我们班的 5 号王晓东是个"学习狂人"，他从七中考到一中，平时不住校，但是他有时中午都不回家，在教室里边啃饼，边学习。晓东的刻苦精神激励了很多人，当然也包括我。

我开始像晓东一样努力学习，即便如此也从未超过他，他已经遥遥领先。他稳坐班级第一名，偶尔能超过他的，也只有一人，他的名字叫侯月文。侯月文是我们宿舍的舍长，刚进宿舍时我被这样的名字惊呆了，居然和名人同名。侯月文憨憨实实的，大家一致推举"名人"当舍长，并赐给他一个外号：老猴子。直到今天，大家还是习惯叫他老猴子，觉得这样叫最亲。谢玉东被称作老谢，丁同利被称作老丁。住在我下铺的同学名字叫"王强"，那时刘兰芳的评书《杨家将》十分流行，于是大家都称呼他为"老贼"。还有一位舍友叫刘海滨，大家不叫他老刘，而是称呼他金棍，金棍是他小学时就有的外号。

老猴子最让我佩服的是不用拼命学习就能偶尔赶超王晓东，他按时作息，课余时间还喜欢和老丁一起去打打乒乓球，但是他的学习成绩超棒，尤其是数理化。现在想来也许是他智商高的原因吧。1993 年高考，老猴子考上了南开大学，和敬爱的周恩来总理成了校友，南开硕士毕业后到了北京，20 年后成了北京摩宝科技公司的董事长。美猴王的法宝是金箍棒，老猴子的法宝是微信。2013 年，老猴子带着他的法宝回到东营，给一中人开辟了一方新的交流天地。

张强一眼就相中了老猴子手中的"法器"。4 月，胜大超市微信公共平台开通，通过一系列的推广活动，瞬间关注者超过了一万人。5 月底，胜大超市和金艺美术学校联合举办的小画笔活动中，很多一中校友鼓励自己的孩子参加，通过微信投票，选出了 20 名儿童参加"抢超市"行动，孩子们抢得不亦乐乎，张强也乐不可支。我的儿子林子贺入围决赛闯进超市抢了口锅就匆忙出来，张强说："这孩子真会给叔叔省钱！"

十八

2013 年 8 月，胜利一中微信总群成立。老猴子通过技术把总群的容量增加到 150 人。原来的四个微信群实现了资源整合。通过这样的交流平台，校友们之间的联系更为广泛了。微信，使校友们的联系更为便利。同学们在自己的朋友圈分享自己的喜怒哀乐，分享自己喜欢的文章，看到这些时，仿佛又回到了阔别已久的高中时代，每位同学，都如同住在隔壁宿舍。

油田一中的宿舍时光是极其美好的，最难忘之处在于晚上熄灯后的"卧谈会"，大家交流一天的见闻，讲讲笑话，也不乏谈谈班里的女生。据说，女生宿舍里也有"卧谈会"，她们的主题就是班里的男生。

宿舍里还有舍歌，我们的舍歌是草蜢的《半点心》和《失恋阵线联盟》，在那个不懂恋爱的年纪，我们却迷上了这些失恋的歌曲。后来大家开始听谭咏麟的歌，这和校园之声广播站的广泛宣传有关，那个时候，《夜未央》《水中花》风靡一时，舍友们买了盘谭咏麟的磁带天天在宿舍里放，粤语很快得到普及。当我学习成绩下滑的时候，特喜欢听广播站播放那首《永远不回头》，这是首励志歌曲，催人奋进，每次听着这首歌去上晚自习，心中充满了力量。是的，"年轻的泪水不会白流，痛苦和骄傲，这一生都要拥有。年轻的心灵还会颤抖，再大的风雨，我和你也要向前冲。"

十九

1990 年 9 月 1 日的大清早，父亲和我扛着行李来这里报到时，一中的大门还没有敞开。我和父亲在学校西门外看着里面穿着校服去大食堂吃早饭的师兄师姐们，眼中满是羡慕。还好，一会儿我就能成为他们中间的一员了。

这个时候，有一个人也扛着行李来到一中。只不过，我是来求学，他是来就业的。这个人的名字叫史本泉。1990年7月，史本泉老师本科毕业于南京师范大学教育系教育心理学专业。毕业前，他是南师大校园里的风云人物，曾任校学生会秘书长。由于成绩优秀、政治素质过硬、表现突出，江苏省团省委想录用他，但是由于生源分配的原因，他还是回到山东，来到了东营这片更需要他的沃土。

孔子毕生的精力都在教书育人，他弟子三千，思想源远流传于后世。齐鲁之邦走出的史老师最终选择像孔子那样从事教育，也许是天生注定，因为他的名字里有一个"泉"字。这个泉，是教书育人的源泉。

史老师被分配到胜利油田一中政教处工作，对于一位大学时期的优秀学生干部而言，这份工作对他来说驾轻就熟。和他一个办公室的，是位更有经验的教师，提起他的名字，一中人无人不知，无人不晓。他个头不高，但却嗓音洪亮，他就是李再武老师。

每周一早上，油田一中全体师生都要举行大周会，主要议程有两项，一是升旗仪式，一是校领导或政教处老师讲话。大周会的主持人就是李再武老师。他行伍出身，说着一口广饶地方话，他每次在大周会上开口的第一句话是，都有了！这句"都有了"掷地有声，如此威严和亲切，已经成为多少届一中学子生命里永不褪色的记忆。那时的男生宿舍，以模仿李老师的口音为荣，我们宿舍的董鹏和金棍模仿得惟妙惟肖，每晚卧谈会时，一句"都有了"，会把大家乐得把被子蹬掉。

李老师从事学校纪律的管理工作，他一丝不苟，尽职尽责，甚至有一些古板。没有规矩，不成方圆。现在想来，一中严谨求实的校风恰恰来源于此。史老师则不然，他接受了大学系统的教育学理论熏陶，更注重学生素质教育的培养。时任一中校长郭培振和金家民书记也看中了他的这一点，给他分配的第一项工作就是主管一中学生会工作。

二十

史老师来之前的油田一中学生会是隶属于校团委领导的，基本上是两套班子、一套人马。比如，盖宝莉既是校团委校园之声广播站站长，又兼任校学生会副主席。她的前任广播站长、高三六班的陈璐兼任校学生会副主席。陈璐是校园里"女神"级别的师姐，我上高一时，她已经上高三，她个子高挑，气质高雅，梳着马尾辫，还有一双会说话的眼睛，对于我们这些高一新生而言，她简直就是一个传奇。

但是，有一位师兄却和"女神"很熟，他在老师们眼中是标准的好学生，也是众多一中女生心中的"白马王子"。高一上学期，有一次我在校园里行走，和一个人"撞衫"了。我发现那个人身上穿的运动服，和妈妈给我买的那件一模一样。不知这是不是一种缘分，只是冥冥之中觉得，这个人很亲切。后来在校团委组织的一次会议上，他代表学生会发言，我才知道，这位和我撞衫的师兄居然是学生会主席、高三五班班长张炳剑。会后，我主动找他握手，他看了看我的衣服，笑呵呵地说，早就注意到你了，咱俩的衣服一模一样。

每周一的大周会上，我是比较忙碌的一个人，因为升旗的事情由我来负责，高二的王晓龙由于学习比较紧张，已经放手让我来管理了。我每周四下午组织各班的旗手训练走正步，周一早上负责组织各班旗手升国旗。其实，我自己走正步并不标准，但是蛮享受那个出旗和升旗的过程，过程中充满了崇敬和庄重。每当看到国旗随风飘扬时，自豪感和成就感油然而生。

那个时候，史老师在旁边默默地观察我已经很久了。有一次大周会后，他把我叫到他的办公室，问我愿不愿意参加学生会工作。那时我的学习成绩刚刚有所好转，还不愿从事过多的学生活动。我说，我已经在校团委负责一个阵地，真怕忙不过来，再说，梅书记也不一定愿意。史老师说，梅书记那边你放心，我会去做工作。

第二天，梅书记找我谈话，说以后你不要再负责升旗阵地的事情了，好好跟着史老师从事学生会工作吧。梅书记说话的口气中有一丝不舍，我轻轻关上他办公室的门时，心中竟然有一些难过。毕竟，从入校以来，梅书记一直很器重我。

后来我才知道，在校团委十大阵地的众多成员之中，史老师只向梅书记要了我一个人。1991 年 5 月，校学生会要面临换届，需要有学生参与一些筹备工作。我从校团委"跳槽"到学生会，哪里知道，这里是一方更为广阔的舞台。

二十一

1991年3月的一中校园，春暖花开，生机勃勃。穿着白色校服的我们这一届高一学生，犹如校园里盛开的花朵。各个班级开始组织春游，很多班级都选择了离东营最近的青州云门山。山不在高，有仙则名。云门山并不高，却是以山上石刻的一个巨大的"寿"字出名。很多同学都在这个寿字下合影留念。寿字代表着国人自古以来对身体健康和美好生活的一种期待。但是人生的路途就如爬山，并不只有平坦。

云门山归来的一个周末，我没有回家，因为校学生会组织住校的同学观看电影，炳剑大哥让我帮他一起组织这个活动。那晚播放的电影名字叫《流浪者》，一部非常经典的印度影片，学校安排在教学楼东侧的电教室播放。由于座位有限，每个班只发了少量的票。周六晚上7点，电教室外面挤满了各个年级的同学，我和炳剑大哥负责维持秩序，只允许有票的同学进场。很多高三住校的同学周末不回家，紧张的学习之余，他们很想看场电影，放松一下自己紧张的神经。那个时候，我有种初生牛犊不怕虎的劲头儿，也特别坚持原则，很多没有票的同学被我挡在了门外，他们心中对我充满了怨言。但我并没有意识到这一点。电影散场后，我刚走到宿舍楼一楼走廊，突然后面飞来一脚，我一个趔趄，差点栽倒在地，刚等转过身来，迎面又是一拳，我的下巴被这一拳打出了血。有三个穿高三校服的人逃离现场，他们恶狠狠地丢下一句话：臭小子，以后别多管闲事！

不知道他们打了我，会不会有一种复仇的快感。我一阵地疼痛，捂着下巴，来到水房，用水洗干净伤口，回到了宿舍，钻进被窝，默默地流泪。那晚的卧谈会上，大家都在兴奋地聊着这场电影，谈论着里面的主人公"拉兹"。大家都在调侃金棍，说金棍最像电影里的拉兹。我蒙着头，一语不发，其实我才像那个受伤的拉兹，心情无比难过。这是自己人生中第一次挨打，却发生在一中这个美丽的校园里。那一夜，我彻夜难眠，翻来覆去睡不着，甚至觉得一中并没有想象中那么美好。

但是，转念一想，还是自己的错。自己太出风头，太恪守原则，触犯了个别同学的利益。这件事情，我默默地咽进肚子里，没有向史老师汇报，后来被炳剑大哥发现了我下巴上的伤疤，才告诉了他事情的经过。炳剑大哥很快帮我查出了凶手，但是我要求大哥别再追究他们的责任了，毕竟他们马上面临高考，背一个处分会影响他们的前途。

这个伤疤一直陪伴我到现在，那是青春永不消失的印记，有时照镜子看到它时，我也会弱弱地嘲笑一下当时的自己。这件事情其实给自己提了个醒，让我明白，青春的岁月，不只有阳春白雪，也会有电闪雷鸣，无论遇到任何事情，都要学会去接受。毕竟，挫折能使人走向成熟。

二十二

成熟不是学出来的，也不是装出来的。炳剑大哥身上，就有一种成熟，20多年来，一贯如此。临近40岁的时候，我才发现，人生是一个不断解压的过程。但是在那个少年气盛的时代，理想、未来这样的字眼充斥着我们的大脑，我们不知道未来会做什么，但会天真地认为未来终会是我们的。在学校组织的一次学生座谈会上，我说，祖国和民族的命运总有一天会由我们这一代人去掌握，我们需要去做的，就是不断地努力，完善自己，当这一天到来时，我们已经有能力承担。现在想想，这个发言自己都感到脸红，但是却受到了金家民书记的称赞。炳剑大哥经常找我谈心，他让我收敛自己的激情，多埋头搞好自己的学习。但是，那个春天，我已经按捺不住了，因为学生会主席的竞选拉开帷幕了。

1990年暑假，一部叫《十六岁的花季》电视连续剧风靡大江南北，这部描述上海高中学生校园生活的青春剧给少年时代的我们洗了脑——

> 你以为这是故事
>
> 那么你错了
>
> 你以为这是生活
>
> 那么我错了
>
> 这是综合成百上千个十六岁孩子的经历编织的

一曲歌

一首诗

一个梦

十六岁的歌委婉动听

未必上口

十六岁的诗热情奔放

未必押韵

十六岁的梦纯洁真实

未必成功

难怪诗人席慕蓉无限留念地说过：

"十六岁的花只开一季"

但是朋友

只要你拥有过十六岁

你就有拥有过一份

和太阳一样滚烫

一样血红的青春

　　这部电视剧用诗一样的语言和欢快的节奏告诉我们，青春可以这样度过。当我迈进一中校园后，在身边同学身上总能找到白雪、欧阳严严、韩小乐、陈非儿的影子。譬如我们班颇具正义感的女班长孙爱华像极了白雪，我们班爱踢足球、有点儿调皮的李元像极了韩小乐。

　　电视剧里面有一个场景让我印象深刻，那就是欧阳严严竞选学生会主席。进一中后，受张炳剑、陈璐、盖宝莉等优秀学生干部的影响，对于这方舞台，我也是跃跃欲试。

史老师正是这个舞台的搭建者。他把南京师范大学学生会竞选的一套模式带到了一中，各班推选候选人，通过学生代表大会投票，选出学生会委员，再从学生会委员里推选学生会主席团成员。这是个极其复杂的过程，史老师要求每一个候选人在学生代表大会上都要发表竞选演说，只是，每人只能说一句话。我被班里推出参加学生会竞选，对于这个陌生的舞台，我将说句什么话呢？这可真是个难题。

二十三

2014 年春日的兰州。天蓝蓝，水蓝蓝。黄河之水天上来。孙伟师弟却是逆流而上，从黄河尾闾来到这里。36 岁本命年的他，已经是这里一个国家级开发区的管委会副主任。而 23 年前，他以最年轻候选人的身份，参加了一中第五届学生会的竞选。

我从史老师办公室里第一次见到他时，真以为他是来"打酱油"的。他皮肤黝黑，笑容天真，我搂着他的脖子说，小伙子，几岁了？他笑着说，师兄，我 12 岁。如果说十五六岁是花季的话，12 岁就是花骨朵了。后来发生的事情，却让我对这位小师弟刮目相看。我经过了冥思苦想，再加上炳剑大哥的指点，决定用毛主席的一句诗作为竞选词——"问苍茫大地，谁主沉浮？我要说，是我们！"

我穿着一身从油田基地商业街上买来的廉价西服，在学代会上喊出这句话时，竟然赢得了许多掌声。鼓掌的同学中，有一位是赵天舒。他作为高一六班的学生代表，坐在会场观众席上，为我投了一票，也许，这句话正迎合了我们高一新生的激扬情怀。

但是，后面同学的发言更精彩，当一位初二的同学引用梁启超的《少年中国说》，喊出了"红日初升，其道大光。河出伏流，一泻汪洋。爱我学生会，选我刘华阳。"这样的竞选词时，会场上又掀起了新的高潮。

孙伟最后一个出场。愣头愣脑的他，虽然只比刘华阳小一岁，个子却矮了半头。他一出场，观众席里有人在说笑，有人在嘀咕，这么小的孩子，也来竞选啊？

孙伟不慌不忙地接过话筒，沉着地说："在这里，我也只想说一句话——有志不在年高！"会场里顿时响起了长时间雷鸣般的掌声。好一个"有志不在年高"！这样的竞选词，简洁明了，铿锵有力，回复了大家的疑问，也表达了一颗少年中国心，真可谓是，一句顶一万句。那一刻，让我终生难忘，也让我对这位小师弟刮目相看。

2014年主政兰州一方的孙伟，还是那样意气风发。1993年9月，他以全油田第二名的成绩考进胜利油田一中高中部，后担任学生会主席。高中后，他个子飞长，已经是挺拔少年。他德智体美劳全面发展，不但学习成绩拔尖，而且是校园里的篮球明星。高三时，成为一中历史上第一个学生党员，并被保送清华大学。在清华大学，他从本科读到博士，从清华研究生会主席做到全国学联副主席，一路辉煌走来。

如此成绩的取得，皆因那句"有志不在年高"。少年强则国强。有时我在想，少年时的一句话，一个梦想，有时会影响一个人的一生甚至国家和民族的命运。在一中这个少年人成长的舞台，多少人匆匆而过，你方唱罢我登场，但是多少人的人生梦想，却都是从这个地方开始启航。

二十四

在这次学代会上，我觉得最有幸的是能和盖宝莉一起同台竞选。入校以来，她一直是我们低年级同学的榜样。她的竞选词低调而内敛，和她的做人风格一样。我在她的身边坐着，浑身觉得不自在，一是在她面前缺乏自信，毕竟她是全校名人，一是觉得自己这身浅褐色的衣服实在太蹩脚，有种土老帽的感觉。

还好我们班的赵国栋也是候选人之一，他身上那件西服看上去也不咋地。赵国栋面容和善，谈吐实在，他和我一起当选候选人，估计我们班的孙爱华没少在代表席里给我们拉选票。

赵国栋是个走读生。一中有史以来，住校生和走读生还是有很大区别的。住校的同学天天吃住在一起，感情深厚，走读生放学就回家，和在校生交流少，似乎这是两个圈子，很难有在两个圈子里都"混"得开的。

赵国栋偏偏是个例外。他脾气好，性格温和，笑容经常挂在脸上，一看就知道是个老实孩子。他经常中午不回家吃饭，和我们宿舍同学一起在学校大食堂吃饭。一中大食堂只有桌子没有椅子，要求学生们站着就餐。他和我们宿舍同学凑成一桌，站着吃，吃完饭就到我们宿舍蹭床睡。他还经常趁父母不在家时，请我们到他家里吃饭，我们去了哪是吃饭，简直是"扫荡"，把他家里能吃的、能喝的都扫荡光了，第二天，他父母回来，总是给他一顿训斥。一个宿舍 8 个人，他和我们混熟了，我们就称他为"编外舍友"，用现在时髦的话讲，叫"非常 8+1"。宿舍里人都有外号，我们给他赐名——老赵。

老赵同学竞选成功，他也深感意外，他风趣地说，本来以为是给老林陪榜的呢，结果不幸入围了。老赵同学在班里人缘特好，男生女生都喜欢他，都觉得他踏实、厚道、安全。有的男生给女生送情书，都会找他当信使。他的数理化成绩也非常优秀，经常能和王晓东、侯月文一比高低。

竞选入围后，我和老赵一起成为油田一中第五届学生会委员。史老师召集我们第一次开会时，我们心中真有点马上参加"开国大典"的味道。更为惊讶的是，在接下来的委员选举中，我被推为学生会主席。史老师宣布这一结果时，我脑子一下子蒙了。

为什么是我？我一介草根，才上高一，何德何能？为什么不是盖宝莉这样的师姐们挑大梁？史老师主要考虑我们马上升入高二，即将成为校园活动的主力，而盖宝莉等高二同学马上进入高三冲刺阶段，精力会不济。史老师心中有一个清晰的蓝图，就是第五届学生会要成为一个独立的、活跃的、具有开创精神的学生会。史老师看我一脸的疑惑，操着一口胶东普通话说，干吧，有什么干不了的？

史老师轻描淡写的这么一句话，给了我一剂强心针，也许自己骨子里原本有一股子劲儿，被史老师巧妙地激发出来了。现在想来，16 岁时的我，在那个懵懂的年纪，被史老师委以重任，给自己的人生奠定了一个较高的基调。世事如歌，青春如影。高中时光给予我的影响，不止三年，而是从此以后，漫漫的人生旅程，就像那个被无限拉长的影子。

（写于 2014 年 3 月 15 日）

告别的年代

——大学毕业札记

在家乡实习完毕，我背上行囊，从千里之外赶到学校准备度过最后几个月的大学生活时，蓦然发现：我已经走进了告别的年代。美丽依旧、温馨依旧的大学校园就这样静静的留下了我生命中四年的欢喜与悲伤，幸福和荣耀。看着越来越多的低年级同学陌生的面孔，我感觉我真的是快要离开这里了。

一、从后面看四年

《菜根谭》曾教导立志做大事的人们"嚼得菜根，百事可做"。但它只讲述了大人物为人处世的道理，而《反菜根谭》则告诉了我们做的平平常常的凡人更应当珍惜亲戚和朋友的感情。死神来临之际，人们总是最希望自己的亲朋好友能在身边。我更相信和喜欢《反菜根谭》里的话，因为它是人生尽头悟出来的道理。所以，我们不妨从后面看人生。看看我们应该珍惜些什么？

从后面看人生，也从后面看我们的大学四年。四年一千多个日日夜夜，它是由多少次孤独，多少次失落，多少次欣喜和愉悦组合起来的，当我们把它一页页串起成一本日记时，才发现它的每一页都如此重要。看着那些在路上谈论着英语四级题型的师弟师妹们，看着那些抱着吉他喝着啤酒的孤独行者们，看着那些依然沉浸在二人世界的情侣们，我们这些要离开的人，像是在欣赏自己日记中的某一页某一行。我们想对那些依然以自己的方式生活在校园里的人们去说，怎样活得有价值就怎样去过，怎样生活都别忘了珍惜每一刻的感受。你记忆中的每一页对你都重要。

看着自己伤害过、得罪过的人，多么希望你们能微笑着和我打起招呼；看着自己帮助过、爱护过的人，多么希望你们能送我一程。是啊，四年下来，看着最后为自己送别的人群，才懂得什么是收获，什么是结果。哈哈一笑或是挥一挥手，我这四年。

二、最后的纪念

邮局和火车站的工作人员都已进驻校园，搭起帐篷，为毕业生打包，运送行李。而毕业班的宿舍也已一片狼藉，失去了往日的整洁和温馨。但一摞摞的毕业留言本堆满了床铺，桌子上埋头写留言的同学们像是在认真地完成着一篇又一篇的大作。每个人都把自己的照片加洗上几十张以便往留言本上张贴。写留言成了大家最好的纪念。

第一个留言写给我最好的朋友，不出两根烟的工夫，一腔肺腑之言跃然纸上：四年无法改变一个人的本质。这使我有足够的时间去发现和认识你身上最可宝贵的东西：质朴、善良和胸怀宽广。四年来的你，始终对人格的完善和人生的最高境界有一份执着的追求；始终在浮名和功利之外坚持着自己有血有肉，敢爱敢恨的个性。就要说再见的时候，发现最好的朋友依然靠我最近，握我的手最紧。这使我懂得珍惜朋友拥有时的愉悦，这使我深深地感谢：有你的四年。

是啊，留言簿上留下的总是最真挚的话语，"但愿人长久，我们能再见"。但我们当中许多人心里都明白：毕业分别后，天涯海角，很多同学这辈子也无法再见一面了。

三、争分夺秒的欢聚

几个月后大家都要各奔东西，随着分别的日子一天天临近，同班男女同学冷漠了四年的距离被迅速地拉近。以前男女生见面谁也不打招呼，现在却是争着请对方吃饭。彼此疏远了四年的心终于在最后时刻连接在一起，大家都珍惜着每一次机会，争分夺秒地欢聚。

在6月星空晴朗的校园草坪上，聚集着一堆又一堆彻夜欢聚的毕业班同学们。大家唱着《执着》，唱着《朋友》，喝着啤酒。而我的一曲崔健的《花房姑娘》唱下来，已经拍碎了两个腰鼓。

四年来大家各忙各自的事儿，却偏偏忽略了和身边最近的同学交往。透过柔和的月光，却发现身边的每一位同学原来都是如此可爱。

只有寄希望于把分别当作另一个开始，把欢聚当作又一次相识，我们的友谊才不会再一次遥远。

四、就业的困惑

哲人说："生命中没有值得留恋的风景，一眼就望到了头。所以，人生怎么能不短呢？"四年之中，风景万种，只有这道风景不值得留恋。那便是：就业的困惑。

大学生的数量是一年比一年多，而就业的压力也一年比一年大。人才市场上被用人单位一张张挑剔的脸孔刺破自尊，回到家里又为一笔笔出省费、进城费伤透脑筋。毕业求职真是莘莘学子寒窗苦读几十年所遇到的最大难题。

尽管民营企业成了今年大学生择业的"救命稻草"，但令人担心的是，处在人生十字路口的同仁，你是否准备好了足够的勇气去"直面人生"？

历史应该牢牢铭记那些奔波于人才市场和用人单位却无着落的"天之骄子"们，他们的问题，正是这个社会亟待解决的难题；他们的困惑，进而影响着人们的价值判断，成为这个时代最为沉重的无奈。

五、再见，西安

看着西安（安定门）上空不停回旋着的鸟儿，我心里充满了对这个古城的留恋。在这座城市挥洒了四年的光阴才发现它是如此的能够包容万物，让一个外来的学子能感受到这里如同家乡。我曾经在上海待过半年，对上海也十分留恋，但当时的感觉是：我们只能站在门外看上海，看繁华，心为所动，却始终走不进去。

来的尽管在来，走的总是要走。匆匆忙忙四年一晃而过。有许多人在这个关于古城的梦里，不想走了，想成为真正的西安人。而更多的人，如我，收起背包，带上许多飘逸着历史文化气息的照片，回到了远方。此时此刻，再登钟楼，斜阳正在，望着熙熙攘攘的人群，看着巷长街窄的古城，突然感到离别原来是如此的难舍！碑林残月，灞桥柳色，不再是唐诗境界。

再见，西安。你每天迎来送往的人数都数不清，这一声亲切的呼唤，你能否听得见？

六、分别的时候

分别的时候，连续几天古城下着小雨，宿舍楼下的同学们聚集成一堆一堆。空气中有种特别凝重的离别的气氛。

分别的时候，校园商店里的啤酒卖得特别快，校门口的出租车司机则特别的繁忙。我们全班的同学成群结队地送走一位又一位离开这个城市的同学，像是告别一位又一位善良可亲的家人。而我们这个四年欢聚的家将不复存在。

"分别的时候/我要为你再唱一首歌/今夜有相聚许多/今夜里有泪流许多/今夜里这是分别的歌/也许就在以后/你还记得这一首歌/你还记得泪流满面的我。"在火车站，当大家共唱这首《分别的时候》时，火车已经启动，大家拼命地挥动着双手，追着火车跑着唱着……歌声、哭声、汽笛声混成这人世间最感人的毕业分别的场面。不知有多少过路的乘客被这一幕真情所打动。

七、告别的年代

告别的年代，我们带着欢欣或是无奈走上某一个工作岗位，然后在社会的磨砺中变得悄无声息。

告别的年代，我们干杯，让我们在酒精的迷醉中去感受这个年代和我们内心的挣扎。

告别的年代，我们分手，火车的汽笛宣告了大学生活的结束。但我们不会忘了最后道一声：走好，我的朋友，无论你在哪里。

（写于 1998 年 6 月 1 日）

一次电台的心灵之旅

《岁月有痕》出版后，我一直处于兴奋状态，现在终于能静下心来写点文字。2015 年 11 月 21 日上午，受邀做客东营经济广播电台105 会客室，犹如一次心灵之旅，深刻地留在了我的记忆之中。

在赶往电台路上等红绿灯时，我翻看了书中写大学毕业时送别老大的一段，读到我追着火车跑时，仿佛重回那个场景，竟然掉泪了。当我红着眼睛走进直播间时，燕伟老师已经在播放许巍的《曾经的你》。她在营造一种氛围，而我走进这种氛围时，很快进入状态，因为《岁月有痕》写的就是曾经的你。

燕伟老师是东营人民广播电台的资深主持人，她富有爱心，声音甜美，深受广大听众的喜爱。四年前，她从黄河口论坛上读到了《岁月有痕》，与我取得联系，成为文友。为了做好这次节目，她做了精心准备，从音乐的选择上，就能看出她的良苦用心。从《穿越时空的思念》到《悄无声息》，从《爱》到《上海滩》，从《一块红布》到《最后一枪》，这些音乐是记忆的符号，已经是我生命的法律。我在这样的氛围里与燕伟老师交谈，仿佛穿越到高中时代，穿越到上海和西安，仿佛岁月里一幕一幕重现，我又变成那个有点疯癫的摇滚青年。

电台播音工作曾是我上大学时向往的职业，因为它通过时空，能与万千个心灵对话。烦躁的世界上，有多少颗心灵需要电波的安抚。节目一开始，燕伟老师先把我引入难忘的大学岁月，我讲述了自己悲催地离开上海的那一幕：火车启动，我暗下决心，上海，我一定要回来！人生真是奇妙，想当初无比悲催的场景，如今却成了记忆里如此闪亮的一道风景。燕伟老师适时把我从回忆中拉回来，开通了节目热线。第一个打通热线的居然是位残疾人朋友，他一定是位最忠实的听众，因为他每天待在家里，电台就是他心灵之托。我甚至觉得这是上天有意安排，让这位忠实的听众首先打进来。我赠给他一本《岁月有痕》，但愿这本书能带给他生活的信心和力量。

当德州黄国明的电话打进来时，真让我怀疑这次节目是不是有人进行了幕后彩排。事后才知道读者风中承诺提前成立了一个微信群，号召一些读者朋友们积极拨打热线。而黄国明并不在这个群里，今天是他的生日，他要在生日之际和电波里的我说说话。他说，人生没有彩排，一切的偶然都是必然。四年前，他陪《岁月有痕》一路走来，四年后的这一天，他也绝不会错过。

我和国明因为喜欢崔健相识，因为文字相惜。文字让我收获了很多心灵知己。我没有去过大别山，但是却知道大别山深处有一位忠实的读者，他叫程海清。四年前他就打印下了《岁月有痕》所有文稿。节目中他的电话打进来时，他拿着手机的手在颤抖，而直播间里，我的心却在颤抖。我被他的热情和真诚惊到了。我仿佛看到了永不消逝的电波穿越大别山，穿越万水千山，把两颗同样火热的心连接在一起。

泪水洒落云际，我们分明是失散多年、重逢后抱头痛哭的兄弟。

有一位兄弟比海清兄更着急，因为热线他打不进来，他是山东冠县的幺勇兄。他和我也是因为共同喜欢崔健而相识，他也酷爱摇滚乐，所以他对《岁月有痕》有着更深刻的理解，他委托风中承诺朋友在电台微信公众平台留言，留下一长串鼓励和支持的话语。更让我惊讶的是，小风告诉我，他居然在书的每一页空白之处写下读后感，将来要与我分享。燕伟老师深情朗读他和听众们的留言，居然忘记了插播节目里的广告。我问燕伟老师，领导会不会批评你？她说，不会！领导们也在听，他们也希望我多做这样感人的节目。

热线过后，燕伟老师静静地朗读了书中我写母亲和妹妹的两段文字，我相信这是她最喜爱的两段话。我依稀记得写这两段文字时，泪水是如何打湿键盘的。我们来到这个世界上，总是有个缘由的，是因为父母之爱。亲情，永远是最稳固的一种感情，却往往是失去了才知它的珍贵。当妹妹最喜欢的《铿锵玫瑰》歌声响起时，我说，电波会传递到垦利天宁寺外，妹妹安息的地方。天堂里的妹妹，此时此刻，会和我一起，笑着流泪。

节目最后，燕伟老师播放的是许巍的《悄无声息》，这是一首穿透心灵的乐曲，燕伟老师让我做两分钟的告别语。我并没有思想准备，但却在这样的氛围里，有感而发：亲爱朋友们，我想说，我既不是什么专业作家，也不是什么名人，我和收音机旁的你一样，是一个极其平凡的人。节目过后，我会悄无声息地回到街上的人流中，我也会和你一样，孤独地走在无人的夜。我只是忠实地面对我的人生，写下了一段真实的故事，愿这段故事能让你觉得这个世界很强大、很美好，愿这个世界上更多的你们，能活出自己更加精彩的人生。岁月有情，愿与你同行。

（写于 2015 年 12 月）